星野文月

私の証明

百万年書房

忘れてしまうということは、
なかったことにされてしまうことだと思ったから。
毎日必死に記録を続けた

こんな無気力な日々は一体いつまで続くのだろう、と考え、
気づいた時には息ができなくなっていた

私はまたここをバスに乗って戻っていく。
父が「元気でやれよ」と言う

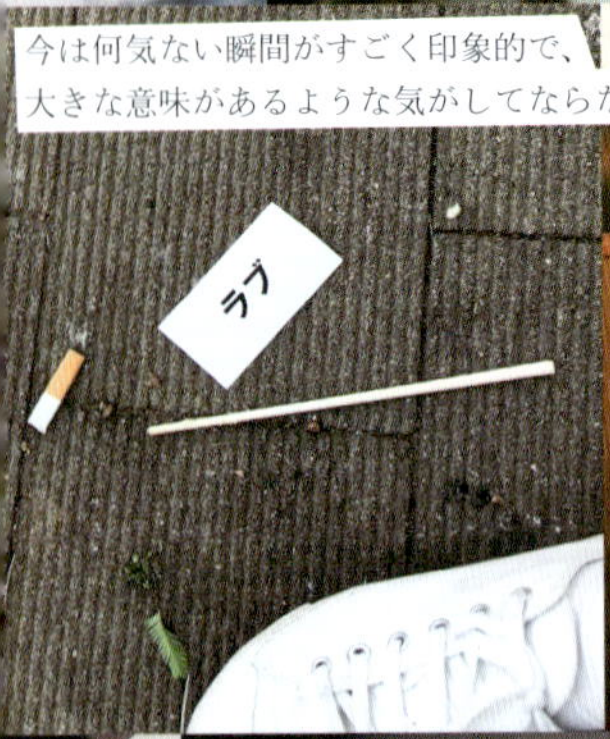

今は何気ない瞬間がすごく印象的で、
大きな意味があるような気がしてならない

これから愛しい人たちが老いたり
死んでしまうことに耐えていけるのかな

植本さんにサインをしてもらった。
名前も書いてもらえて嬉しかった

私は母に抱きしめて欲しくて仕方なかった。
毎朝起きると強い孤独を感じた

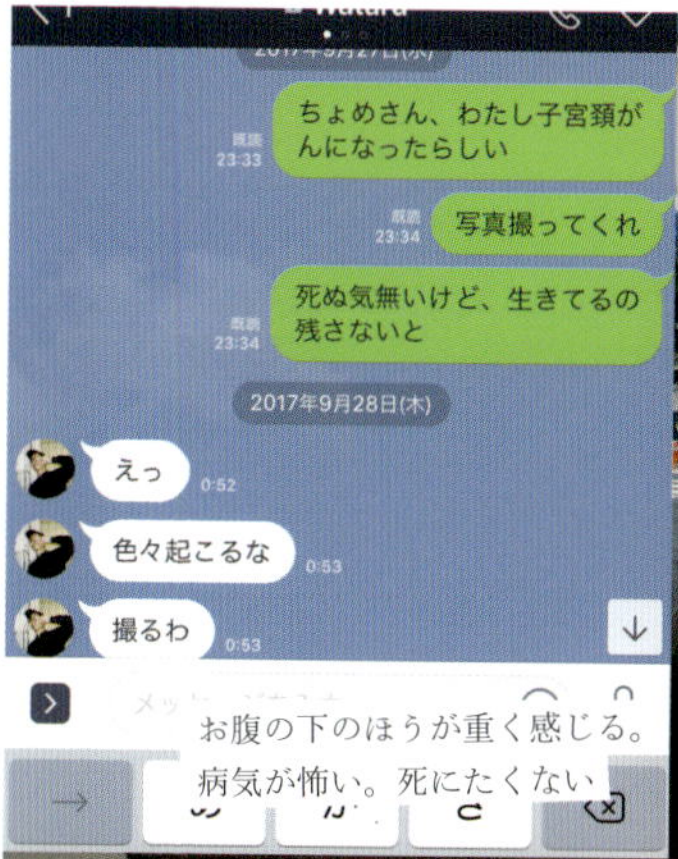

お腹の下のほうが重く感じる。
病気が怖い。死にたくない

知らないことと知ってしまうことは
どちらが怖いのだろう

結局誰からも連絡は来ないまま、今日で７月になった

本当は公開されても構わなかった。
私は、批判されるのが怖いだけな気もする

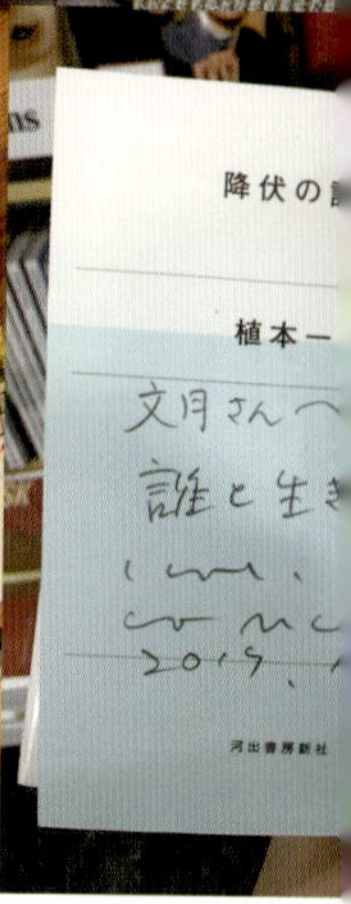

写真を通して自分のことを確認できるととても安心した。
写真に切り取られた瞬間は自分が生きている証拠だ。
それらは私の大切なお守りとなった

わかって欲しくても、言葉が伝わらない。
しかし私には言葉しか伝える術がない

ユウキさんが、脳の病気で倒れた。

はじめに

自分の生活から突然恋人が消えて、私は何がなんだかさっぱりわからなくなった。

ひどく気持ちが落ち込み不安で、自分の頭で何も考えられない時期が続いた。

(もちろん一番大変なのはユウキさんで私自身には何も起こっていない。そんなことは何度も何度ももう考えた)

会いたいとか、心配しているとかそんなことを伝えようにも、伝える術もなかった。

「人はいつか死ぬ」とかそういうことは一応知っていたけど、能天気な私は身近な人が死ぬ可能性についてなど一度も考えたことがなかった。

人が死んでしまったら何も伝わらないことを初めて実感し、怖くて、やりきれなくてたまらなくなった。


私の身体は健康なのに、人の話や音がうまく聞こえなくなり、食べ物の味がわからなくなった。毎日、また朝が来てしまうことが悲しくて泣いた。頭は常にぼんやりとしていたが、ひとつだけハッキリと思ったことがある。

「この最低な日々だって、記録しないといつか忘れてしまう」

こんなにも苦しいのに、忘れて、そして何もなかったことになる。そんなことだけは絶対にあってはならないと思った。これらを残さなきゃいけない。生きているうちに。

だから私は、毎日のことや、自分が感じたことを書き、自分の姿を写真に撮ってもらうことを始めた。


いつかこんな最悪な日々のことを振り返って、「こんなこともあったたな」と笑える日が来ることを祈りながら、私はここに記録していく。

I

二〇一七年六月一七日

InstagramのＤＭ（ダイレクトメール）で、カメラマンのアシスタントをやっているという男性から連絡がきた。

彼は佐伯さんと言い、年齢は同い歳。自分の作品集を作っているので、写真を撮らせて欲しいとのことだった。

こういう連絡って本当に来るんだ、と思った。ハッシュタグで「#被写体募集」というのを見たことがあるから、写真を撮りたい人と撮られたい人が繋がって、実際に会うみたいなのがあるんだろうなとは思っていたが、自分にもくるとは思ってなかったので驚く。

彼のプロフィールを見てみると、ホームページがちゃんとあり、仕事としてしっかり写真をやっている印象だった。変な人ではなさそうな気がしたので、試しに撮られてみることにした。
佐伯さんから集合時間で指定されたのは、朝の七時に渋谷。彼はこの後も仕事があるらしく、早朝しか時間が確保できないのだと言う。

緊張して指定された集合場所に向かうと、カメラを何台も持っている男性を見つけた。すぐに佐伯さんだとわかったが、まだ声はかけずに様子を眺めてみることにした。白いシャツにチノパンという服装は清潔感があり、悪いことは考えられなさそうな気がした。声をかけるときは緊張したが、いざ話してみると、丁寧に話し、よく笑う感じの良い人だった。

彼は見たことのないような古いポラロイドや小型のチェキを使った。私にモデルを依頼した理由を聞いてみると、「死んだ魚みたいな目が良かった」と言った。初対面の人に写真を撮られるのは初めてだったから、どうして良いのかわからず戸惑っていると、佐伯さんが指示を出してくれた。彼はSNSを介して会った人と撮影をすることに慣れている様子だった。小一時間くらい渋谷の街を歩き、適当なところで撮影をして解散する。

早く起きて眠かったので、一度帰って仮眠をとることにした。午後は恋人のユウキさんと横浜の工場地帯を船で回るツアーに行く。

一一時にセットしておいたアラームが鳴った。手早く着替えて、化粧をする。スマホを見てみてもまだユウキさんから連絡が来ていない。待ち合わせは一三時だからそろそろ起きないと間に合わないのに。

いつもユウキさんは、起きたら私にLINEを送ってくる。連絡が来ないことに違和感を持ちつつも、もう少しだけ待ってみることにした。「起きてる?」とか「おはよう〜」とか何回かLINEを送ったが、それでも一向に既読にならない。

とうとう待ち合わせ時間の一三時を過ぎても連絡が来ない。もしかしたら、スマホをなくしたのかもしれない、と思ったが、彼はいつも自分のMacを持ち歩いていた。ユウキさんの仕事はエンジニアで、超多忙な生活を送っていた。本当にいつ寝ているのかわからないくらい仕事をしていたし、少しでも時間があれば出先からでも複雑なコードを組み替えていた。だから、仮にスマホをなくしてもパソコンから連絡ができるはず。

こっちは準備をして待っているのに、ちっとも連絡がないことに段々イライラしてくる。遅れるなら連絡くらいしてくれたらいいのに……。

会社の同僚の有佳子に「ユウキさんと出かける予定なのに全然連絡ないんだけど」とＬＩＮＥを送ると、「暇ならうち来れば?」と言ってくれたので、目黒の有佳子の家に行くことに。

目黒に着いたのは一五時くらいだが、ユウキさんからまだ連絡は来ていなかった。さすがに心配になってきて、スマホのマナーモードを解除し、通知音を大きく設定する。連絡が来たらすぐ気付けるようにした。

京都に住む友人の間瀬にも「ユウキさんと出かける予定だったのにまだ連絡来ないんだけど」と愚痴る。「そのうち来るやろ、寝てんのかもな」と言われ、やっぱりそんなもんかなあと思ったり、何かあったのだろうかと心配になったり、とにかくそわそわして落ち着かない。

予定していたクルージングの出発時間は一六時。そして、とうとうその一六時になっても連絡は来なかった。これはさすがに何かやばい、と思った。

LINEを何度確認しても既読がつかない。LINE電話をしても出ない、普通の電話をかけようとして、そういえば私はユウキさんの電話番号を知らないことに気づく。だんだんと日が暮れてきてしまった。こんなことは初めてで、自分の気持ちをどういう状態で保っていたら良いのかわからない。

有佳子とテレビを観て、またスマホを確認して、と繰り返していると一七時を過ぎた頃に私のスマホが鳴った。LINEの通知音が鳴り響き、机に置いてあったiPhoneを走って取りにいく。着信元はユウキさんからだ！　慌てて通話ボタンを押した。

「あの、ユウキくんの身内の者ですが、ユウキくんは昨晩倒れまして今緊急手術をしています」

透き通って綺麗な女性の声だった。

「ユウキくんの電話にクルージングの運行会社から、今日の予定をキャンセルするかどうかの連絡がありました。LINEのトーク履歴を見るとあなたと約束をしていたようだったので、連絡をしました。彼は、脳梗塞で倒れたため、しばらく連絡ができません。ご了承ください」

女性の声は小さかったがハッキリと聞こえた。しかし、言っている意味がよく理解できない。脳梗塞……？

聞いたことはある病名だが、頭の中でそれとユウキさんが結びつかない。電話口の女性に返す言葉が出てこなくて、しばらく無言のまま間が空いてしまう。電話越しに女性が困っている気配を感じた。気づいたら私は「はい、わかりました。連絡くださってありがとうございます」と返事をして、電話を切っていた。身体が勝手に対応していたようだった。

心配そうな顔で有佳子がこっちを見ている。部屋の中は床に夕日が反射してオレンジ色になっていた。「ユウキさんが脳梗塞で倒れたんだって」と言うと、有佳子が小さい声で「え、マジか……」と言った。有佳子もどうしたら良いのかわからないようだった。

頭が真っ白になり、どんな情報もまったく入ってこないのに、自然と涙は出てきた。状況に全然追いつけない。だが、電話口の声は、人が真実を伝える時の声のように思えた。気まずそうな物言いや、沈黙がやけにリアルだった。

気が付くとすっかり外は真っ暗になっていた。私が泣き止むと、有佳子が「とりあえずご飯を食べよう」と言うので、近くのスーパーまで歩いていく。途中に大鳥神社があったので、立ち寄ってお参りをした。お賽銭を入れて「どうか、ユウキさんが良くなりますように。何が起きているかわかりませんが、すぐに落ち着きますように」と祈った。

最寄りのピーコックに着くと有佳子が、「今日はちゃんとご飯を作って食べよう」と言う。ナスが安かったので、ナスの煮浸しと、ピーマンの肉詰めを作って食べた。有佳子はビールを飲んだけど、私は飲まなかった。

その日は有佳子が泊まっていいよと言ってくれたので、その言葉に甘えさせてもらうことにした。

ユウキさんが今どんな状態なのか、考えてもわかるわけがなかった。だからと言って考えないようにするのも無理な話で、ユウキさんの友人・田渕さんにInstagramを通じて連絡を取ってみた。田渕さんはカメラマンで、彼が撮った写真を前にユウキさんが見せてくれたので、アカウントを知っていた。DMで「はじめまして、文月と申します。突然すみませんが、ユウキさんのことで連絡を取りたいのでお電話をしてもよろしいでしょうか」と送った。すぐに「大丈夫ですよ」と返事が来て、番号を教えてもらった。彼なら何か詳しいことを知っているかもしれない。緊張しながら電話をかけた。

田渕さんはユウキさんが倒れたことを知らなかった。「ちょっと親しい人に聞いてみます、何かわかったらすぐに連絡します」と言ってくれる。ユウキさんのことを知っている人と連絡が取れて、心強い気持ちになった。

ユウキさんには私と付き合う前に七年くらい付き合っていて、同棲をしていた彼女がいた。彼女との結婚を視野に入れているが、最近はあまりうまくいかず、そんな時に私と出会ったのだと言っていた。私はユウキさんを好きになり、ユウキさんも私と付き合いたいと言ったが、彼女とすぐに別れることはできないと言われた。今は同棲もしているし、ユウキさんのご家族とも親しくしているからすべてをすぐに解消するのは難しいと。

私はユウキさんと付き合いたい気持ちがあったが、ユウキさんと彼女の関係性は強固なものに思えたし、それを壊してしまうのは気が引けた。ユウキさんは、彼女はとても優しい人だから、心が痛くて別れられないと言っていた。

だが結局、ユウキさんは彼女と別れて、私と付き合うことを選んだ。ユウキさんは別れた直後に泣きながら電話をかけてきて「とても辛かった」と言った。ようやくユウキさんと付き合えることになったのに、私は手放しに喜ぶことができなかった。

桜がすべて散った四月の終わり。私たちの後味が悪い交際がスタートした。

私は自分の友人をユウキさんに紹介したが、ユウキさんは「元カノのこともあるから、まだ友人には会わせたくない」と言った。だから私は、ユウキさんの友人には誰とも会ったことがなかった。


しばらくすると田渕さんから電話があり、「夏目さんから連絡があったかと思いますが、まだ重体だからお見舞いに行くとかそういうレベルじゃないみたいです」と連絡が来た。

夏目さん……どこかで聞いたことがある名前だと思った。そして、それはユウキさんの前の彼女の名前であるとわかった。なんだか、すべてが腑に落ちたような感じがした。

前の彼女はユウキさんに付き添えるのに、私はユウキさんがどこの病院にいるのかすら知らなかった。

六月一八日

目が覚めたら見たことない天井で、ぼーっとした頭で周りを見る。ここが有佳子の家だと気づくまでに少し時間がかかった。昨日ユウキさんが脳梗塞で倒れたらしいが、あまりにも実感が湧かない。スマホを見てもそのことに関する連絡は来ていなかった。

お昼過ぎになると、有佳子が連絡してくれたのか、男友達の佐々木とタケヤスが来てくれた。「ふーちゃん大丈夫?」と佐々木に聞かれ、「うーん、何が起きているのかわからない」と答えた。

何も知らないから、何をどこまで心配したらいいのかわからない。思い切って夏目さんにFacebookを使って連絡をした。

「昨日電話をしてくれてありがとうございます。今ユウキさんがどんな様子なのか教えていただけますか?」と送信すると、すぐに返信が来た。

彼女は「昨日、電話で〝親族〟と言いましたが、便宜上そう伝えました。差し出がましくてすみません」と謝った。そして、今の病状について丁寧に教えてくれる。

明日もう一度手術をする必要があること、左脳の血管に血栓があったため、今後右半身に後遺症が残る可能性があること、そして、場合によっては言語障害なども起こりうることが書かれていた。

自分のスマホの画面に見たことない言葉がずらりと並ぶ。やっぱりどこか現実味がない。夏目さんは緊迫した状況の中で、丁寧に情報を伝えてくれた。私のことなんて絶対に良く思っていないはずなのに。夏目さんはユウキさんの話に聞いていたとおり、優しくて聡明な人だった。

私は完全に蚊帳の外だった。前の恋人には連絡が行くのに、私には何も知らされない。自分よりも夏目さんに先に連絡が入ったことに落ち込む。一番大変なのはユウキさんなのに。こんな時でも自分のことばかり考えてしまう自分が、本当にしょうもない人間に思えて泣く。隣に座っていたタケヤスが泣いている私に気付いて、背中をさすってくれた。

私が泣き止んでぼーっとしていると、有佳子たち三人は録画してあった「探偵！ナイトスクープ」を観始める。虫を食べる女性の回で、三人はケタケタ笑っていた。いつもと変わらない彼らの様子を見ていたらちょっと安心して、やっぱりユウキさんが脳梗塞なんて嘘なんじゃないか、と思う。

この後、有佳子は予定があるらしく、佐々木とタケヤスと昼ご飯を食べに行くことに。「こんな時はロイホだろ！」とタケヤスが言うので、近くのロイヤルホストに行った。三人で、いつもと何ら変わらないくだらない話をする。

六月一九日

まだユウキさんからの連絡は来ない。
会社に行く渋谷行のバスの中で「ユウキさんが死んだらどうしよう」と考えてしまう。

昭和女子大のところで小学生が一気に降りてランドセルが私にぶつかった。目の前の席が空いたので、座って植本一子さんの『家族最後の日』を読む。今までなんとなく流し読みしていた言葉がグサグサ刺さって、本の中のECDさんや子供たちの写真を観ると胸が締め付けられるような気持ちになった。当たり前だけど、死んでしまったら二度と会えないんだな、と思った。

ユウキさんにもう一度会いたい。

どうか生きていて、できたら記憶もちゃんと残っていてほしい。自分がどれだけ強く思っても、事態が何も変わらないことにやりきれなさを感じた。

本をめくったら最後のページに「今を生きてる？」という植本さんのサインがあった。これは、青山ブックセンターのサイン会で一子さんに書いてもらったものだ。その言葉に涙が止まらなくなる。バスの中で俯き、声を殺して泣いた。

六月二〇日
カメラマンのアシスタントをしているバミさんから連絡があって、美容室でヘアメイクをつけて作品撮りをしたいと言われた。
今は誰でもいいから側にいて欲しいし、何でも良いから人の役に立てるのは嬉しい。ひとりでいると悪いことしか考えないから、誘ってくれてありがたいと思った。
お昼にバミさんとセブンイレブンに行き「最近どうですか？」と聞かれる。

「三日前に恋人が脳梗塞で倒れました」と言うと、バミさんは「え、こんなことしてて良いんですか？」と驚いている。

それなら一体何をしていたら良いのだろう、と思ったが、もちろん口には出さなかった。

午後から撮影を再開し、ヘアメイクをしていつもより華やかな自分の顔を鏡で見ていると、「本当に自分は何をしているのだろう」と思った。

六月二一日

昨日、大学時代のゼミの先生と電話でお話しした。

その教授は、長年哲学を研究しているからか、柔軟に物事を見ている。信頼している大人のひとりだ。

在学中のゼミで、「私が私であるということはどういうことか」というテーマの授業が行われたことがある。「私が私である条件」とはどのようなものか？　たとえば私の顔がまったく違ったものになって、身体も改造されて、しゃべり口調も、思想も変わってしまっても、私は私であるか？　といったことを授業で議論した。確か結論は出なかったけれど、このテーマは印象的でたまに思い出すことがあった。私は教授に、「恋人が脳梗塞で倒れて、もしかしたらひどい後遺症が残るかもしれない。もしそうなった場合に、以前とはまったく違う彼になるわけだし、もしかしたら記憶だって失っているかもしれない。そうなっても彼は彼なのでしょうか？」とメールで質問をした。学者としての教授の見解を聞きたかった。

するとこ「それは大変ですね。少しお話をしましょう」と言ってくれたので、会社のお昼休憩のときに電話をかけた。先生のゆったりとした優しい口調が懐かしくて涙が出そうになる。私の質問への回答は、今は事態が流動的だから何とも言えないということだった。現時点の情報がすべてではなくて、事態は移ろいゆく。「なるべくニュートラルな気持ちでいられるよう努めなさい」と言われた。

私のことを気遣ってくれて嬉しい、と思った。教授のスケジュールは多忙を極めていて、学生たちから「一体いつ寝ているのだろう」と心配されるほどだったから、電話までかけてくれて本当にありがたい。

だが、私の心配よりも、私がした質問への明確な答えが欲しかった。もしも、病気のせいでユウキさんの記憶がなくなったり、話せなくなったら、彼の造形がまったく変わってしまったら、ユウキさんはユウキさんだと言えるのか。その時、私はどうしたら良いのか。教授には、ほとんどすがるような思いで質問をした。学術的な根拠が得られたら、ちょっとは強い気持ちが持てると思ったから。だが、それに対する回答は得られず、正直残念に思ってしまった。

もしユウキさんが半身麻痺になったとしても、私はユウキさんを支えたいと思っている。もしも私が倒れたらユウキさんは絶対に付き添ってくれると思うし。私はユウキさんがどんな状態になっても傍にいることを選びたい。今日こそはユウキさんのご家族から連絡が来ると良いのだけど……。

六月二二日
今日は天気も良くて、いくらか気分が良かった。
お昼休みは有佳子と一四〇〇円もするとんかつを食べに行った。
お店イチオシのとんかつの説明書きには「受験にカツ！　勝負にカツ！」と書いてあったので、それを注文して食べた。

ご飯を食べてもまだ時間があったので、会社近くの金王神社に行く。神社の中には、いつもは見かけない「厄払いの輪」という大きな置物があった。説明書きによると、厄払いの輪は8の字を描くように三周して、今度は逆回りに三周回らないといけないらしい。ちょっと面倒だと思ったが、これで厄が払えるならと思って、ぐるぐると輪をくぐってみた。周りにいたのはサラリーマンやOLばかりで、それぞれベンチでお弁当を食べていた。

それから、お賽銭を入れてお参りもした。「ユウキさんが良くなりますように」と祈ってはみたものの、そもそも今、ユウキさんがどんな状態なのか私はわからなかった。なんとなく今日くらいにはご家族から連絡がくるだろうと思っていたが、結局今日も連絡は来なかった。

六月二四日

スマホにニュース速報が届いて、見てみると小林麻央さんが亡くなったという報道だった。

闘病中の麻央さんはすっかり髪の毛が抜け落ちてしまい、顔色も悪かったが、それでも笑っている写真がブログにアップされていた。

誰かが死んでしまうことが、どうしても他人事に思えなかった。

残された家族の気持ちを考えると、痛いほど切ない気持ちになる。

大切な人に、もう二度と会うことができないなんて辛すぎてやりきれない。

六月二五日
やっと週末になった。あれから一週間、まだ連絡は来ない。

東京にひとりでいてもユウキさんのことばかり考えてしまうので、長野の実家に帰ってきた。

母には帰省の連絡を入れた際、「先週、付き合っている人が脳梗塞で倒れた」と伝えた。

母は心配もしてくれたが、「いつの間に彼氏が出来たの？　どこの人？」と彼氏がどんな人なのかとにかく気になるようだった。この状況で、そんな質問ばかり投げかけてくる母に少しイラついてしまう。

昨晩、母に「諏訪大社でお祓いをしてみたい」と言った。

有佳子の就活で全敗していた友だちが、お祓いをしたらすんなり決まった、という話を聞いた。「マジで効果あるから一回行ってみなよ」と言われ、今まで無縁だったお祓いに興味が湧いていた。なんでも良いから、今は少しでも心の支えになりそうなことをして落ち着きたかった。

今日は母に付いてきてもらって、さっそく諏訪大社に行った。久しぶりに行ってみると、記憶していたよりもかなり立派な神社で驚いた。

私はとても感じやすくなっていた。本や街で見かける何気ない言葉に涙が止まらなくなったり、道端に花が咲いているだけで、そこから動けなくなったりした。どこでも泣いてしまう自分をコントロールすることができなかった。

諏訪大社には、大きくてとても立派な神木があり、自分に何かを訴えかけているような気がしてならなかった。そっと木に触れてみると、ひんやりと冷たく、表面はごつごつしていた。神聖な気が、手のひらから身体の中に伝わってくるのをじっと待つ。母は少し離れたところから、私の様子を不思議そうに伺っていた。目に入るものに何でもすがろうとする自分が、小さくて頼りなかった。

神社の受付で五〇〇〇円を支払って用紙に必要事項を記入し、「難逃れ」に〇を付けた。私の後ろでは観光客なのか大学生らしき集団がいて、ふざけあっている。

しばらくすると、巫女さんに呼ばれて神殿に案内された。iPhoneの電源を切り、ピシっと背筋を伸ばして座った。神主さんが祝詞を唱えて、こちらに向かって祈りを捧げ、私も言われたとおりにお祈りをする。お祓いは拍子抜けするほど簡単に終わった。

神殿から降りると、何かが入っている紙袋をもらって、その中にはお札や、地元のお菓子、お酒、そしてお守りが入っていた。お正月の福袋みたいで「お祓い福袋」と言うと母が笑った。入口で頭を下げて、駐車場に向かって歩く。

iPhoneの電源をつけると、一件の通知が来ていた。私のInstagramの写真に、ユウキさんが「いいね」をしたという通知。見間違いかと思い、急いでInstagramのアプリを立ち上げると、たしかにユウキさんが「いいね」をしている。ちょうどお祓いをしていた時間だった。あまりにも驚き、iPhoneを手に持ったまま固まってしまう。心臓の鼓動が大きな音を立てて、耳に直接響く。

ユウキさんが「いいね」したという証拠の画面をスクリーンショットに収めた。「もしかしたら願いが届いて意識が戻ったのかもしれない!!　お祓いすごい!」と興奮して、車を運転する母に話しかけまくった。ユウキさんにＬＩＮＥをしてみる。意識が戻ったのかどうか尋ねてみたが、しばらくたっても既読はつかない。彼のTwitterやFacebookも見てみるが、どれも更新された気配はなく、Instagramだけしか使っていないようだった。

これを機にユウキさんのご家族に連絡をしてみようと思い、お兄さんの電話番号に電話をかけてみた。お兄さんの番号は、夏目さんが共有してくれていた。

通話ボタンを押して、相手が出るのを待つ。勢いで掛けてしまったが、話す内容を考えていなかった。ユウキさんのご家族には誰にも会ったことがないし、私の存在すら知らない可能性も少なくはない。その場合、何から話せば良いだろうか。結局、電話は繋がらず、お兄さんにはショートメールを送った。

「ユウキさんは意識が戻ったのでしょうか。気になることがあったので、お時間ある際に連絡をください」

いつお兄さんから連絡が来ても大丈夫なように、とスマホを肌身離さず持っていたが、その日も連絡は来なかった。

六月二六日
カメラマンの人が撮ってくれた写真を、せっかくなので自分のInstagramに載せてみた。しばらくすると大学時代のサークルの友人から「え、どうしたの（笑）」「#写真好きと繋がりたい」とコメントが書かれていた。私は急に顔から火が出そうなほど恥ずかしくなって、まずそのコメントを削除して、それから自分の投稿を消した。

コメントを書いたのは、私が大学生の頃に所属していたバンドサークルの友人だった。

サークルの人たちはみんな楽器や歌がうまかったが、私は楽器もろくに弾けないし、歌もうまくなかった。演奏の機会があるたびに、自分に音楽の才能がないことを実感し、落ち込んだ。

同期の女の子は私を含め四人いて、みんな奇跡みたいに可愛くて、頭も良く、おまけに才能まであった。四人という人数は、一緒に行動するのにちょうど良く、私たちは何かと行動を共にした。長く一緒にいると、どうしても彼女たちと自分を比べてしまうようになった。そして、勝手に自己嫌悪に陥り、行き場のない感情を持て余した。

私が所属していたサークルはイベントごとに、やりたい人同士が誘い合ってバンドを組むという決まりがあった。最初は、いろいろな人と関わりが持てる良いシステムだと思っていたが、私のような人間にとっては酷なシステムだった。同期の子は、いくつもバンドを組んでいるのに、自分にはなかなか声がかからない。取り立てて長所がない私は、誰からも必要とされていなかった。

ありのままの自分でいると誰も見てくれないことを実感した私は、髪の毛を真っ赤に染めてみたり、ステージで突然叫んでみたり、他人と違うことを積極的にした。「変わってる」と誰かが面白がってくれると安心したし、自分にとってはそれがこの上ない褒め言葉となった。そして、だんだんと素の自分と、サークルの中で変なキャラクターを演じている自分の境界線がわからなくなってきた。

大学生の頃から被写体やCMのモデルなどをやっていたがサークルの友人には一切言えなかった。私がそんなことをしているのか、と思われるのが恥ずかしかった。

今日、Instagramの写真にコメントが付いた時には冷や汗が出た。大学を卒業して数年が経つというのに、いまだに私は大学時代の友人からどう思われているかが気になっているようだった。せっかくカメラマンに綺麗に撮ってもらったので、誰かに見て欲しくて写真を投稿した。それなのに、実際に見られて反応があると恥ずかしくなり、投稿を削除した。カメラマンから「なんでさっきのやつ消しちゃったの？」と聞かれて、答えに困った。

結局、私はずっと自分に自信がない。大学の友人とは卒業してからほとんど会ってないし、みんなそれぞれ仕事もしている。もう私のことなんて興味がないだろう。完全に自意識が過剰だ。

よく人から「文月さんは自由でいいね」と言われるが、本当に自分が好きでやっているのか、他人が面白がってくれるから「自由な自分」でいるだけなのかわからなくなる。たぶんいつも両方なのだろう。

私はいつだって他人の目を気にして生きている。それが原動力になることもあるが、それに苦しめられることもたくさんある。

六月二七日

朝が来ると泣いていた。

もう六月も終わるというのに、身体が冷たくて毛布をかぶっている。ぼーっとした頭で窓の外に目をやると静かに雨が降っていた。

いつからか視界が薄暗いフィルターがかかったようになり、街の人の楽しそうな様子も灰色の風景と同化した。自分ひとりが違う世界で生きているみたいだった。


二〇分くらいかけてゆっくり起き上がる。重い身体を引きずって会社に行く準備をする。行くべき場所があって良かったと思う。

会社で任されている仕事は退屈に感じることが多かったが、集中して取り組んでいたらよけいなことを考えなくて済む。今はそれがとにかくありがたかった。


会社は渋谷にあって、私は毎朝七時五六分発のバスに乗った。終着の渋谷駅に着くとバスから競うようにしてみんなが一斉に歩き出す。サラリーマンがつくる海流に身を任せると、ヒカリエのあたりまで自動的に運ばれていく。この人たちにもそれぞれ大切な人がいて、誰かにとって特別な存在なのだろうか。この中に、大切な人を失いかけている人はいるだろうか。

会社に行くと有佳子が声をかけてくれた。有佳子は配属された部署が同じで、入社してからずっと仲良くしてくれている。怖い上司や会社の変な決まりを面白がって、いつも社内のチャットでふざけあっていた。人に見られたらまずいという背徳感が面白さを加速させ、毎日笑いをこらえるのに必死だった。

身近につまらないことを面白がって、共有できる友達がいることに救われていた。ユウキさんが倒れたときも、有佳子がずっと側にいてくれた。

毎日お昼休みになると、ユウキさんのことばかり相談ばかりしてしまう。相談といっても考えても仕方のないことなのだが、話を聞いてもらうと少し落ち着く。いつも付き合ってくれて本当にありがたい。

六月二八日

悲しい夢をみて起きた。身体がひんやりと冷たかった。梅雨のどんよりした気候がさらに気持ちを落ち込ませる。今日も必死に身体を引きずりバスに乗り込んだ。

京都にいる間瀬が、就活で二日間だけ東京に来ているらしい。渋谷に出てこられるとのことなので、お昼休憩で一緒にご飯を食べることに。

間瀬とは頻繁に連絡を取る仲だけど、実際に会えると嬉しい。会えなかった間の話は尽きることがなくて、あっという間に昼休憩の一時間が終わろうとしていた。まだ話したいことがたくさんあった。

「会社に戻りたくないなあ」と言うと、間瀬が「たまにはええんちゃう」と言うので、午後はサボって横浜の健康ランドに行った。

健康ランドに行くのは久しぶりだった。最近はよく眠れないし、常に肩に力が入っていたので、温泉がびっくりするくらい気持ち良かった。

間瀬とお風呂に入りながらいろいろな話をする。間瀬は就活生なので、来年から東京で働くか関西で働くか迷っているらしい。今の彼氏は東京にいるから、もし関西で勤務するなら別れるかもしれないと言った。間瀬が働き出したら、新卒なのに彼氏よりお給料が高いし、結婚を考えるならやっぱりお金のことは気になると話していた。
私は話を聞いてはいたが、内容はほとんど頭に入ってこなかった。恋人との未来を話す間瀬が羨ましくて、どうしても直視できなかった。

お風呂を上がって休憩室で雑誌を読み、フルーツ牛乳を飲んだ。気づいたらすっかり夜になっていたので、電車に乗って帰る。明日はちゃんと会社に行こうと思う。

六月二九日

会社の飲み会で「そういえば、星野さんって彼氏いるんだっけ？」と聞かれた。
何の悪意もない言葉なのに心が痛み、怯んでしまう。有佳子がちらりとこっちを見たような気がした。「あ……います」と言うと、先輩は目を輝かせながら「何をしてる人？」と聞く。

何をしている人。
それが彼の年齢や性格、どんな仕事をしているのかを尋ねた質問であることはわかっていた。でも、私は答えることが出来ず黙ってしまった。

ユウキさんが今どういう状態なのかわからない。どこにいるのか。意識はあるのか。私のことを覚えているのだろうか。私は何も知らなかった。

先輩の質問に答えなきゃ、と慌てて作り笑いを浮かべる。これ以上この会話が続かないように祈りながら、当たり障りのない返答をした。

飲み会が終わった帰り道、これからは「彼氏はいない」と言おうと決めた。渋谷の歩道橋でたくさんのカップルとすれ違った。やたら明るいコンビニの前を早足で通り過ぎる自分の姿がガラスに反射して見える。本当にひとりぼっちだなあ、と思った。

六月三〇日

七時五分起床。

昨日の夜は唯那とご飯を食べに行った。中目黒の『花まめ』という野菜料理が美味しいお店だった。唯那とは半年に一回くらいしか会わないので、いつもお互いの近況報告から始まる。私がユウキさんのことを話すと、唯那のお母さんも大学二年生の時に脳出血で倒れて大変だったらしい。そんなこと全然知らなかった。

唯那のお母さんは、今はほとんど元の生活に戻ったらしいが、最初は唯那のことが誰かわからなかったり、お見舞いに行っても支離滅裂なことを話して、見ているのが辛かったと話してくれた。脳梗塞や、脳出血といった病気はテレビの中の出来事だと思っていたから、身近にもその病気で苦しんだ人がいることに驚いた。

私はどれくらいリハビリをしたか、どんな態度でお母さんと接したか、その時どんな気持ちだったか、など気になることを矢継ぎ早に質問した。唯那はひとつひとつに丁寧に答えてくれた。

お母さんは、今は前と同じように仕事にも行っているらしい。実際にそんな話が聞けてとても希望が持てた。

「彼氏さんはまだ若いし、回復が早いといいね」

唯那の言葉にとても元気付けられる。

お店の人に勧められてじゃばらサワーというお酒を飲んだ。邪を払うほど酸っぱいというのが名前の由来だそうで、今の私にぴったりだと思った。

七月一日

ユウキさんの夢をみた。ユウキさんがInstagramの「ストーリー」を投稿していた夢。ハッとして飛び起きて確認するけど、現実ではそんなことは起こっていなかった。最近は夢と現実の境目がわからない。

ユウキさんは、夢に私が出てくると毎回嬉しそうに報告してきた。一度、会社のデスクで居眠りをしているときに私の名前を呼んでしまい、同僚にからかわれたこともあるらしい。

毎日どこにいるとか、何をしているとか、何を食べたとか、そんな他愛のないことを報告しあっていた。今思えば、極度の面倒くさがりである私がよくそんなことを続けていたなと思うが、付き合ったばかりで些細な連絡でも嬉しくて仕方がなかった。

だから、今回のようにこんなに連絡が来ないことは初めてで、本当にどうしたらいいのかわからない。
毎日、器官に綿が詰め込まれたみたいに呼吸が苦しい。
でも、私にできることは待つことしかない。
結局誰からも連絡は来ないまま、今日で七月になった。

七月二日
水野しずが劇団のメンバーを募集しているという情報を得た。
それはカリスマサイドという劇団で、水野しずの活動が以前から気になっていたし、私は仕事以外に自分の気が紛れて、打ち込める何かを渇望していた。裏方のスタッフも募集しているということだったので、とりあえず話を聞いてみようと、軽い気持ちでオーディションの会場に向かった。
部屋に通されると、中年の男性が審査員に向かって何かを披露している。男性は意気揚々と「どんなお題でも謎かけができます」と言い、審査員からお題が与えられた。しかし、それが男性の予想を超えて難しいお題だったようで、動きがぴたりと止まる。結局、時間切れで謎かけは失敗に終わった。審査員であるメンバーたちに「今後は謎かけを特技と言わない方がいい」と言われ、男性は肩を落として部屋を出て行った。

応募要項だけでも聞けたら、と軽い気持ちでその場に思っていた私は、どうやらここにいたら自分の順番が回ってくることを理解した。周りを見渡すと、みんな一風変わった雰囲気の人ばかりだった。

どうしよう……何も考えてなかった。一刻も早く帰りたいと思ったが、自分の番が来てしまう。志望動機を聞かれた。

「人生一度きりなので、後悔したくなくて……。前からしずさんのことは気になっていたので応募しました」

勝手に口から言葉が出た。

「何か人生で後悔していることがあるの？」

興味なさそうに中央に座っている審査員が聞いた。

「恋人が脳梗塞で倒れたんですけど、最後に会った時に冷たい態度を取ってしまいました」

そう言うと、端の方で紙を折って遊んでいた審査員が顔を上げて、私の方を見た。私の顔を確認して、また机の上に目を落とす。

あっ、と思った。〝恋人が脳梗塞で倒れた〟という言葉が、他人の気を引いた瞬間を見た。私は無意識にそれを利用していたのかもしれない。なんだかきまりが悪くなり、逃げるように会場から出た。もう劇団のことはどうでも良くなってしまった。

七月三日

今日は有佳子が営業で外出していたので、ひとりでお昼ご飯を食べた。何気なく本屋に入り、気がついたら医学書のコーナーにいた。ふと棚を見ると、『イラストでわかる脳梗塞』や『脳梗塞の予防レシピ』といった本が並んでいた。手に取って少し読んでみると、「脳細胞は一度破壊されると基本的には戻らない」と書いてあった。

本にはたしかにそう書いてあったのだが、そこに書いてあるのはあくまでも一般論で、ユウキさんは例外である、と何の疑いもなく思った。ユウキさんはまだ若いし、器用で頭も良いからきっと回復も早いだろう。

本に書いてあるネガティブな情報はひとつも頭に入ってこない。もしかしたら、自動的に身体が情報を弾いていたのかもしれない。とにかく根拠のない自信がどんどん湧いてくる。今ならいけるかもしれない。

そう思ってスマホを取り出し、ユウキさんのお兄さんに連絡をした。

「その後ユウキさんの容態はいかがですか？」とショートメッセージを送る。

仕事が終わり、スマホを確認するとお兄さんから返信が来ていた。

「ショートメッセージだと長い文が打てないため、LINEかメールアドレスを教えてください」

これから「長い文」が送られてくるのか、と思うと鬱々とした気分になった。

お兄さんにLINEのIDを送り、しばらくすると、連絡が来る。

「連絡が遅くなり申し訳ないです。今のところは順調に回復に向かっていますが、まだ集中治療室にいて、意識があったりなかったりで安定しません。集中治療室は家族以外入室ができない状況です。来週もう一度手術をして、それが落ち着いたら一般病棟に移れるかもしれないので、また状況が変わったら連絡をします」

一気に読み終える。大きく息を吐いた。この情報だけでは詳しいことはわからない。「状態が安定しない」と書いてあるから、まだユウキさんの病状について断言できないのだろう。お兄さんにいろいろと質問したいことがあったが、しつこく聞いて印象が悪くなることは避けたいと思った。

また、状況が変われば連絡をしてくれると言っていたので、今はそれを待つしかない。待ってばかりなのはしんどいけど、一番大変なのはユウキさんとご家族だ。私くらいのレベルで辛いなんて言ってられない。

七月五日

今日も朝から身体が重い。仕事をしなきゃという気持ちはあるのだが、ぼーっとしてしまい、全然捗らない。

お昼は有佳子と一緒にタケヤスが働いているお店に行った。今日は天気が良くて、タケヤスが外の席に案内してくれる。出会った時は高校生だったタケヤスが、今ではウエイターとして働いている。きちっとした制服に身を包んだタケヤスは大人みたいで、私は勝手に気恥ずかしくなった。

注文をしていないのにタケヤスがケーキを運んできて「これはサービスね」とケーキを出してくれる。ガトーショコラにバニラアイスが乗っていて、とても美味しかった。

空には雲がひとつもなく、はっきりと晴れている。たまに吹く風が心地よかった。昼休憩は一時間の決まりだけど、ゆっくりしていたら一時間半も経っていた。
午前中は活力がなくて、もうダメかもしれないと思ったが、人の親切な気持ちに触れて復活した。友達が一生懸命働いている姿を見ると背筋が伸びる。午後からはしっかり自分の仕事を頑張りたい。

七月八日
最近は毎日、小型のフィルムカメラをいつも持ち歩くようにしている。こうやって言葉で記録もしているが、写真でも切り取って残さないと落ち着かない。
今日も会社に行くまでの道で写真を撮った。いつまで経っても工事中の渋谷、横断歩道で抱き合うカップル、道路沿いの花やゴミ。今まではこんな景色を見ても何とも思わなかったし、目に留まることなんてなかった。でも、今は何気ない瞬間がすごく印象的で、自分が気に留めたものには大きな意味があるような気がしてならない。まるで別の世界に移ってしまったように見えている世界が違うのだ。
最初の頃は、風景が霞んですべて灰色に見えた。だが、花や木々の色だけ鮮やかに浮かび上がってくる。誰に気にされることもなく、ただそこにある花や木を見ると、なぜか自分との因果を感じて、足を止めずにはいられない。
今感じていることをなるべく残しておきたい。
自分が生きている世界に取り残されないように、必死に記録をしている。

七月九日
毎晩、眠る前にユウキさんとのＬＩＮＥの履歴を遡って何度も見る。こんなふうに実際にやりとりしていた証拠を確認しないと不安で潰れてしまいそうだ。頭ではこんなことをしても何にもならないことくらい理解しているが、止めることはできない。そして、そうやって眠りにつくと決まって悲しい夢をみる。
今朝は母の夢をみた。大きな道で自転車に乗った母とすれ違い、私は大きな声で母を呼んでいるのに、母には届かなくてどこかへ消えていってしまった。起きるとすごい寝汗をかいていた。
ユウキさんのことがあってから何度も実家に帰った。上京してからはあまり母と話す時間がなかったけど、毎週のように私が実家に戻って泣いているので、心配してくれたし、優しくしてくれた。

私は母に抱きしめて欲しくて仕方がなかった。毎日眠れないし、朝起きると強く孤独を感じた。何枚も毛布をかぶっても身体が冷たかった。一番抱きしめて欲しいのはユウキさんだったが、それは叶わない。だからせめて母に抱きしめて欲しかった。

小さい頃から私は泣き虫で、ちょっとでも傷つくことがあるとすぐに泣いてしまった。その度に母が「また泣いてるの」と笑いながら抱きしめてくれた。母は痩せていたけどあったかくて、いい匂いがした。友達のお母さんよりも美人で、料理上手な母のことが好きだった。

今も昔みたいに抱きしめて欲しかったけれど、恥ずかしくてそんなことは言い出せなかった。その代わりに小さな頃から使っていたタオルケットをずっと抱いていた。飼っている猫が気まぐれに近寄ってきた。長い毛がふわふわであったかかった。

これから愛しい人たちが老いたり死んでしまうことに私は耐えていけるのかな。家族、友人、恋人、お世話になった人たち。

別れは本当に苦手だ。そもそも環境の変化にうまく順応できないから今の状態がキツくて仕方ない。

当たり前の日常や周りの人を大切にするって難しいことだ。

死ぬことを意識しないと、そんなことが実感できないなんて本当に悲しいと思う。

七月一〇日

この前のお兄さんからの連絡によると、今日はユウキさんがまた手術する日らしい。ひどく他人事だけれど、一度もお見舞いに行けていないし、ユウキさんが今どんな状態なのかほとんどわからないから仕方ない。

恋人なのにどうしてこんなにも蚊帳の外なんだろう。夏目さんは相変わらずユウキさんの側にいるのだろうか。気がしれた夏目さんがいたらご家族も心強いだろうし、ユウキさんも安心するのかもしれない。

でも、ユウキさんと今付き合っているのは私のはずだ。私だってすごく悲しい気持ちなのに、その気持ちを深い部分で共有できる人が身近にいない。なんか、いろいろなことがわからなくなってしまった。何をして、何をしないのが正解なのか今回のことばかりは本当にわからない。友達に相談してもみんな困った顔をしてしまうから、段々と申し訳なくなってきた。私だって、逆の立場ならこんなことを相談されても困るだろう。

いろいろ考えてはみるが、結局私は待つしかないという結論にたどり着く。私は何かを判断したり、行動を起こしたりするだけの情報を何ひとつ持っていないから。だから待つしかないのだけれど、それが本当にきつい。いつまで待てば良いのかだけでも知ることができたら、まだ救われるような気がする。

ユウキさんの再手術が落ち着いたら連絡が来ますように。

きついけど、とりあえず今は待つしかない。

七月一二日
今日は仕事が終わってから渋谷でやっている料理教室に行ってきた。

一年前に料理教室の会員だった有佳子に「体験レッスンに来たら無料で肉じゃがを作れるよ」と言われて、付いていったらそのまま契約をしてしまった。

回数券をその場で購入したが全然行けてなかったので、今日はひとりで参加した。

今日作るものは、里芋とイカの煮物、味噌汁、おひたし、土鍋で炊くごはんだった。

先生がひとり一杯ずつイカを配り、処理の仕方を説明する。
自分の前に配られたイカを見ると、なぜか「ユウキさんだ」と思った。
自分でも意味がわからないけど、本当にそう思った。

イカはもう死んでいたけど、目はこちらを見ていて意思があるみたいだった。
ユウキさんの姿はすっかり変わってしまった。
姿が変わってもユウキさんの気配はそこにちゃんとあって、まだ愛せると思った。

先生がイカの頭を抑えて引っこ抜きましょうと言う。
わたしは少し迷ったけど、思い切り引き抜いた。
黒い綿が出てきてまな板が汚れる。一気に磯の匂いが広がった。
それからイカを切って、煮て食べた。

七月一四日

寝不足でつい物事をネガティヴに考えてしまう。元気な頃のユウキさんのことを思い出そうとするが、何度試みても記憶の中で像がぼやける。

もうすぐでユウキさんが倒れてから一か月が経とうとしている。一日が一週間のように、一か月が一年のように長く感じる。

身体が重くて、食べ物の味がしない。こんな日々に終わりはあるのだろうか。段々、ユウキさんと付き合っていた頃のことが夢だったのではないかと思えてくる。

先月、ユウキさんが私の友人を紹介して欲しいというので、佐々木とタケヤス、そして大学の後輩のあやちゃんと飲みに行った。渋谷の居酒屋は混み合っていて、同じテーブルを囲んでいるのに、大きな声を出さないと話ができなかった。私の友人とユウキさんは初対面だったので「違うお店にすれば良かったかも」と少し後悔したが、みんな別に気にしていないようだった。

その日のユウキさんはなんだかいつもと様子が違った。終始そわそわしていて、必要以上に大きな声で、せわしなく話した。私がお酒を注文しようと手を挙げて店員を呼ぶと、その手を友人に見せつけるように握った。私は予期せぬ出来事に驚いてしまい、その手を勢いよく振り払ってしまった。ゴッ、とユウキさんの手がテーブルにぶつかったのを見た。


私は以前から、友人たちにユウキさんのことを自慢していた。

「おしゃれで、かっこいい音楽を作る、年上の彼氏」

ユウキさんはミュージシャンとしても活動していた。彼が作った音楽のリンクを友人に送って聴いてもらったこともある。自分が作ったわけでもないのに、彼の音楽が褒められると私は得意になった。


その日のユウキさんは落ち着きがなく、いつもはしない下世話な話もした。私は、友人たちがユウキさんのことをどう思うかが気になって仕方がなかった。

今思えば、ユウキさんはお酒もけっこう飲んでいたし、私の友人に会えて嬉しかっただけなのかもしれない。だが、いつもと別人のような振る舞いをするユウキさんを、私は受け入れることができなかった。

みんなと解散して、ふたりになってもユウキさんの様子は変わらなかった。どこかふわふわしているユウキさん。私はそんな彼の様子を横目に、胸の中に膨らむモヤモヤとした気持ちを伝えられずにいた。
渋谷駅でユウキさんと別れ、改札に入る。ホームの階段を下りていると、駆け足でユウキさんが来て「やっぱり家まで送っていく」と言う。私はひとりになりたい気持ちだったけど、もう改札を通過した彼を断ることもできなくて家まで送ってもらうことにした。話しかけられても素っ気ない返事しかできない。家までの道のりが長く感じた。私が住んでいるシェアハウスの前に着き、「おやすみ」と言って家に入る。ユウキさんは私が見えなくなるまで手を振って見送ってくれた。

それがユウキさんとの最後の会話になった。
この二日後にユウキさんは倒れた。

七月一六日
学芸大学にある、Sさんのアトリエで撮影をした。Sさんのことはよく知らなかったけど、かなり有名なカメラマンらしい。出会った瞬間、やばそうな人だと思った。

Sさんから事前に服装を指定されていた。ノーメイクで、服装は白いTシャツとかシンプルな感じ。その指定どおりで行くと「あれ？　そんなこと言ったっけ」と言ってひとりで笑っていた。Sさんは小柄で肌が雪のように白かった。耳の形が綺麗で、草食動物のような寂しい目をしていた。

最初に室内で撮影して、そのあとアトリエの敷地でも写真を撮った。屋外にいると、煙の匂いと笛の音が聞こえてきた。どうやら近くでお祭りをやっているらしい。道端の屋台で焼き鳥とビールを買い、アトリエに戻る。

ビールを飲みながらSさんの本棚を物色していると、アラーキーの『センチメンタルな旅』を見つけて、手に取る。

この本に初めて出会ったのは私が一九歳の時だった。当時、同棲していた彼と喧嘩をして家を飛び出し、たまたま飛び込んだ古本屋でこの写真集を見つける。木の棚の一番上に置いてあったその本を、私は迷うことなく手に取っていた。「前略　もう我慢できません」という文から始まるまえがきを読んだだけで、胸がざわつき、今から見逃すわけにはいいかないものを見るんだ、という覚悟を持った。そして、その予感は的中し、最後まで読み終わると、私はその場に立ち尽くした。今後、この作品を軽い気持ちでは見ることができない、と思ったことを今でも鮮明に覚えている。

ソファに座り、『センチメンタルな旅』をゆっくりとめくった。見始めると、あの時と同じように途中で止めることができなくなった。妻の陽子さんが亡くなった日に、アラーキーが自分の影を撮った写真で手が止まる。胸が針で何度も刺されたように痛み、涙が止まらなくなった。Sさんにバレないように声を殺してポロポロ泣いた。それに気づいたSさんがティッシュを持ってきてくれる。「これ、やっぱりすごいよね」と言われ、頷く。その瞬間に初めてSさんと目があった。

近くの神社に移動して撮影する。もう日は暮れていた。「Tシャツ脱いでみようか」と言われたので応じる。撮影に夢中になり、気づいたら裸になっていた。初めて裸の写真を撮られたけど、その過程がすごく自然で、抵抗感がなかった。Sさんがヌードを撮ることに慣れていたのが大きいのかもしれない。草むらに入った時、いっぱい蚊に刺された。

アトリエに戻って、ソファで休憩していたらSさんに抱きしめられた。体温が温かくて気持ちよかった。Sさんの髪の匂いを感じながら深く息を吸い込んだ。室内で繰り返し流れていた曲のメロディが頭にこびりついて離れない。

七月一八日

あれからずっとSさんのことを考えてしまう。いろいろなモデルさんを撮っていることに嫉妬してしまい、苦しい。嫉妬なんかしてもどうにもならないのに。なんとなくSさんとはもう二度と会えないような気がした。久しぶりに人の肌に触れて、一瞬で心を許してしまった。それがこんなに苦しくなるなんて思わなかった。Sさんのアトリエで流れていた曲を再生し、また思い出してしまう。とても苦しい。

七月一九日

仕事終わりに喫茶店で、岡崎京子の『ぼくたちは何だかすべて忘れてしまうね』を読んだ。

そして、持っていたノートを破いて、岡崎京子に宛てて手紙を書いた。

「岡崎京子様
あなたへのお手紙の宛先がわからなかったので、
この文章はあなたには届くことはないのでしょう。

しかし、それでも私は書きたかったのです。

いつか届くと良いなと信じて書きます。

私の名前は星野文月といいます。

名字も含めてなかなか良い名前だと思います。

字面も、響きも悪くない。

褒められることも多いので、両親には感謝しています。

あなたの本（ぼくたちは何だかすべて忘れてしまうね）の中に、女の子はそれぞれの名前に似合った悲しみや落ちかたがあると書いてありました。

それに納得し、救われ、そしてやはり落ち込みました。

私の名前はとても悲しいことを享受しなくてはならないような名前に思えたからです。

それと同時に納得がいったのです。

例えばわたしの名前が、萌とかだったならば、きっとたくさんのお友達に囲まれてお菓子作りなんかが趣味でまあまあ幸せに暮らしたと思うのです。

でも、わたしの名前は文月なので、これはなかなかそうはいきそうにありません。

わたしの恋人は、脳の病気で倒れ、一か月間意識不明です。

あれから一か月が経った今でも、彼の様態を知る術がなく、彼が今どんな状態なのかわかりません。待つだけの日々はとても苦しいものです。


そして、最近ふとした瞬間に気を許した男性に惹かれてしまいました。

彼は結婚をしていますし、私がそんな気持ちを抱いているなんてこれっぽっちも思っていません。

もちろん可能性はありません。

それでも惹かれてしまい、苦しくて仕方がないのです。

これが、文月という名前です。まあまあ名前に似合っていると思います。

しかし、私は萌じゃなくて良かったと思いますし、そう思いたいのです。

こんな素敵な名前なので、平凡かつ継続的な幸せを掴みづらい人生を送ることになるでしょう。

人生は非常にドラマティックだと感じますが、最近は生きることがあまりにせつなく耐えられるのか心配です。まだ二三歳なのに。

明日は私の二四歳の誕生日なので彼が意識を取り戻し、連絡をくれる等のサプライズがあるのではないかとどうしても期待してしまいます。

文月という名前なのだし、これくらいはあってもおかしくないと思うのですが、どうでしょうか。」

自分でも、どうして手紙なんて書いたのかわからない。

手紙は四つ折りにして、手帳の一番最後のページに挟んだ。

七月二二日

昨日で二四歳になった。

家族から連絡が来て、おばあちゃんからは手紙が届いた。「人生には辛い試練がありますが、それに打ち克つ強い忍耐力と気力を持って頑張ってください」とあった。おばあちゃんにはいろいろなことを話していないのに、なんとなく伝わっているような気がして励まされた。

何歳になってもやっぱり誕生日は嬉しい。二四歳はどんな年になるだろうか。来年はもう少し明るい気持ちで誕生日を迎えたい。ユウキさんは再手術を無事に終えたのだろうか。連絡はまだ来ない。ユウキさん、私二四歳になったよ。

今日もずっとSさんのことを考えてしまった。もう救いがない。あの日、Sさんに抱きしめられたことを何度も思い出す。こんなに苦しくなるとは思わなかった。でも、だからと言ってどうしようもなかった。

もう最近は誰でもいいから抱きしめて欲しいと思う。人の肌に触れて安心したい。一度、佐々木に頼んで抱きしめてもらおうかと思ったが、彼との関係を壊したくなかったからぐっと我慢した。Sさんに抱きしめられて、人の体温がどれほど自分を安心させてくれるか知った。

植本一子さんの『降伏の記録』にも似たようなことが書いてあった。みんな不安になると誰かに触れて欲しいんだ。その感覚が自分だけじゃなくて少しだけ安心する。

七月二六日

今日はユウキさんの誕生日だった。お互いの誕生日が近いから、中間の二三日にお祝いをしようと話していたことを思い出す。もちろんそんなことは実現しなかった。

ベッドに入っても寝付けず、『食べて、祈って、恋をして』という映画を観た。仕事に疲れた主人公がひとりで世界中を旅して、いろいろな体験をして、出会った人と恋に落ちるというストーリー。ベタな内容だったけど、一度行ったことがあるバリ島の風景が懐かしくて旅に行きたくなった。主人公のジュリア・ロバーツのように、瞑想したりヨガをしてみたい。自分のことを誰も知らない土地で、頭を空っぽにすることが今の自分には必要だと思った。

毎日、考えても仕方のないことをいつまでも考えてしまう。この状況から離れたい。何か良い手段はないだろうか。

七月二十七日

ユウキさんにすごく会いたい。全然仕事に身が入らない。

最低限のやるべき作業をして、ここから離れる方法を調べていた。検索していると、地方移住や、ワーキングホリデーという言葉が並ぶ。思っていたよりも地方には魅力的な仕事があった。「日本仕事百貨」というサイトに地方の求人が掲載されていて、そこに徳島県の神山町という地域の特集記事が出ていた。神山町は近年ＩＴ企業がどんどん進出していて、都会からの移住者が増えているらしい。

調べていくと、来月からその神山町で暮らしながら働くプロジェクトを発見した。生活費は自治体が負担してくれて、本当に少ないけれどお給料も出るみたいだった。たまたま明日、東京で説明会がある。まだ空席があるようなので、さっそく予約をした。

七月二十八日

今日は「神山塾」の説明会に行ってきた。神山塾では、徳島県神山町で半年暮らしながら地域の学生と交流をしたり、地元住民とのイベントを企画したりするらしい。

説明会は、過去の参加者が「神山塾」の魅力をプレゼンしてくれた。楽しそうに語る彼らの様子を見ていたら、そこの町で暮らし、住民と交流している自分の様子が想像することができた。一番魅力的だと感じたのは、日々の暮らしのために火をおこしたり、畑仕事をするという点だった。

いつからか、私は身体をくたくたに疲れさせないと眠れないようになってしまった。週末は朝昼夜となるべく予定を詰め込み、可能な限り徒歩で移動した。日付が変わる頃に家に帰り、身体も心も疲弊しきっていたらやっと眠ることができた。

誰も知らない地で、身体を動かして働くことは、まさに自分が今求めていることだと思った。

ユウキさんのことは未だに連絡が来ない。あまりにも情報がなくて、ユウキさんの今の姿を想像することすらできない。先日、バスの中で過呼吸を起こした。こんな無気力な日々は一体いつまで続くのだろう、と考え、気づいた時には息ができなくなっていた。苦しくて涙が出た。バスを降りて正常に息ができるようになったが、まったく嬉しくなかった。生きてるのに死んでるみたいだ、と思った。

「半年間だけ神山塾に参加したら、さすがに状況は好転しているのではないか」という考えが頭をよぎる。こんな何も生み出さない毎日を過ごすくらいなら、遠い場所で何かに没頭したい。これ以上こんな日々が続くのはいやだ。どこかに逃げたい。

説明会が終わると、佐々木とタケヤスが四谷で飲んでいるというので合流する。「私、徳島県で暮らす！」と言うと、「また突然どうしたの」と笑われる。だが、いつになく真剣な私の様子からその宣言が冗談じゃないことを悟ったようだった。

もし神山塾に参加するなら、今月中には会社を辞めなくてはいけない。かなり急な話だが大丈夫だろうか。でも、このタイミングで絶対に行きたいと思う。会社を辞めるなら両親にも言うべきだろうか。そもそも会社ってどうやって辞めるんだろう。

七月二九日

神山町で暮らしたい。

そのために週明けには会社を辞めることを言わなくてはいけない。気持ちは高まっているものの、突然舞い込んできた選択に不安要素がないわけではなかった。

東京から逃げて暮らしたいと思ったことの発端は、もちろんユウキさんのことだ。いくら考えてみても、自分にできることは「待つ」ことしかないように思えた。ユウキさんへの連絡はもちろん取れないし、お兄さんからは「落ち着いたら連絡する」と言われている。私から連絡をして、状況を聞くのは急かしているようで気が引けた。お見舞いに行きたくても、私はユウキさんがどこにいるのかすらわからなかった。

待ち続けることにほとほと疲れてしまった矢先、自分の中に「逃げる」という選択肢が発生した。どうせ待っていても何も変わらない。ユウキさんのことをいくら想ったって、結局私は何の力にもなれない。そんな時に神山町の話が舞い込む。

今まで一度たりともそんなことを考えたことはなかった。今の仕事に何の不満もない。だが、いろいろなことが少しずつ交差して、その選択肢が姿を現した。半年経ったらユウキさんの状況が好転しているかもしれない。そうやって自分に都合の良い状況を想像することでしか、もう自分を保っていられなかった。

今はとにかくこの状況から逃げたい。半年間だけなら逃げてもいいじゃないか。

七月二〇日

弾丸で実家に帰省。両親に「仕事を辞めて徳島に行きたいと思っている」と伝えた。娘の突然の宣言に両親はとても驚いていた。

「今の仕事は辞めるつもりなのか」
「徳島で半年働いた後はどうするつもりなのか」
「どうして徳島なのか」

両親のまっとうな質問に、ひとつとしてちゃんと答えることはできなかった。そして、その代わりに私は泣いた。東京にいるのはもう辛い、と言いながらぼろぼろと両親の前で涙を流す。二四歳にもなる娘がこんなにも泣くので、ふたりとも困ってしまい、哀しい顔をしていた。

母は何度も「もう少し考えてみたら？」と言ったが、私には迷っている時間がない。本当に行くなら来週には会社を辞めて手続きをしないといけない。この急すぎる日程は、私にとってむしろ好都合だった。迷う時間がたくさんあると尻込みしてしまうかもしれない。だから、このままの勢いを止められたくなかった。

私は「辛い」と言ってひたすらに泣けば、両親が反対しないことを知っていた。反対しないというより、反対できないことを。こんな真似をしてズルいと思うけど、もう私にはそうするしかないように思えた。

東京に戻るバス乗り場まで両親が見送りに来てくれる。長野から東京まで一本で繋がっている高速道路。私はまたここをバスに乗って戻っていく。父が「元気でやれよ」と言う。バスが出発し、どんどんふたりの姿は小さくなる。喉の奥がぎゅっと苦しくなった。隣の席の人に気づかれないように、窓に額を押し当てて静かに泣いた。

七月三一日

あやちゃんから電話がかかって来た。どうやら新しく彼氏ができたみたいで浮かれている。「ユウキさんどうなったの？」と聞かれ、一度お兄さんから連絡が来たが、また連絡が来ないと言う。

「さすがにそんなに連絡来ないのはおかしくない？　全部嘘なんじゃないの？」あやちゃんの声が頭に響く。「全部嘘」の意味が飲み込めず、立ち止まって少し考える。自分の顔からどんどん血の気が引いていくのがわかる。

「もともと元カノとは結婚するつもりだったんだし、家族ぐるみでふーちゃんのことを引き離そうとしているんじゃない？　普通こんなに連絡来ないとかありえないでしょ」

頭の中が真っ白になった。さすがにそんなことはない、お兄さんから連絡も来た。と思いつつも、たしかにこんなに連絡が来ないなんておかしいのかもしれない。最初から全部嘘だったなんて発想は自分の中になかった。だから、もしそうだったら……と考えると恐ろしいくらい不安になった。あやちゃんから言われたことにすっかり動揺してパニック状態になる。どうしよう、どうすれば良いのかわからない。


気が付いたら佐々木に電話をかけていた。

「まあ、それはないと思うけどね。でもわからないよね、もう自分の目で確かめてくるしかないよ。知らないことが一番怖いんだからさ」

佐々木の声を聞いいて少し落ち着く。

知らないことと知ってしまうことはどちらが怖いのだろう。

それを確かめようにも、ユウキさんが今どこの病院にいるのか私にはわからない。

八月一日
会社の上司に、仕事を辞めたいと伝えた。理由を聞かれて事情を話した。上司は、そう決めたなら仕方がないと言って、明日社長に話を通すと約束してくれた。思ったよりもすんなりと話が通り、拍子抜けしてしまう。

会社というのはこんなに簡単に辞められるものだったのか。ぐるりとオフィスを見渡すと、同僚の顔も、自分のデスクもひどく他人事に思えた。

社長秘書の谷さんが、私が辞めたいと言っているのを聞きつけ、慌てて駆け寄ってきた。今日の夜、少し話そうと言われる。仕事を終えて、ヒカリエにあるHARBSというケーキ屋さんに連れて来てくれた。私はいちごのタルトを注文する。

「辞めるって聞いたけどどうしたの？」と聞かれた。谷さんは私のことをいつも気にかけてくれて、よくお昼に誘ってもらったので、ある程度事情を話していた。私が今思っていることをそのまま伝える。谷さんは少し間を空けてから、「考え方が甘いよ、あなたが辛いのもわかるけど本当にそうしたいなら彼と別れて行きなさい」と言った。最初からなんとなくそう言われるような気がしていた。

「半年経って彼が良くなっているなんて都合のいい話はないの。現実をきちんと見て」

谷さんが話し終わるとケーキが運ばれてきた。谷さんはまっすぐ私の方を見る。何も言い返すことができない私は、いつものように自分のことを一番かわいそうな人間だと思うことでやっと谷さんの前に座っていることができた。

どうしてこんなことを言われなきゃいけないのだろう。

私が何か悪いことをしたというのだろうか。

私は十分耐えてきたじゃないか。だから、もう許して欲しい。

谷さんに何か言おうと思っても言葉が出ない。代わりに涙が溢れてくる。

女性ばかりの店内は騒がしく、みんな嬉しそうにケーキを食べている。「ケーキ食べないの？」と言われ、泣きながらケーキを食べる。一個八〇〇円のいちごのタルトはなんの味もしなかった。

谷さんにもう一回考えなさいと言われて、一応「はい」と答えたけど考え直す気にはなれなかった。自分にはもう神山町しか希望がない。ユウキさんは生きているのだろうか、生きていたとしたらどんな姿になっているのかな。なんで連絡は来ないのだろう。

八月二日

昨晩、飲みに行った男の人に無理やりキスをされた。突然のことだったからすごくショックで、一晩経ったらそれが怒りに変わった。そして、嫌なことをされたのにちゃんと怒れなかった自分にも腹が立った。

昔から私は、その場の空気が悪くなるのが嫌で、怒るべき時に自分が怒っていることを表明できなかった。今回も、すごく気持ち悪くて嫌だったのに平気なフリをしてしまった。

昨日のことをタケヤスに愚痴った。すると「それはふーちゃんが悪いよ。隙があるからそうやって付け込まれるんだよ」と言う。タケヤスの反応がまったく予想外で、突き放されたような気持ちになる。

「キスされたってことは、こいつイケるって思われてるってことなんだからね。俺はふーちゃんの味方だけど、何もしてあげられない。だから自分で頑張るしかないんだよ」

私は同情して欲しくて話したのだが、そんなことよりもっと必要な言葉をもらった気がした。自分で頑張るしかない。当たり前のことなのに、私はそれができない。

でも、小さなことからでも良いから自分で考えて行動すること、そんな人として当たり前のことをちゃんとやりたいと、本当に思った。

八月三日

徳島に行くつもりであることを間瀬に言った。

「あのさ、言いにくいから今まで言わなかったけど……」

間瀬が息をついた。

「本当に大変なのはユウキさんなんだよ。なんであんたがいつまでも被害者ぶってるの」

その言葉を浴びた途端、頭を思い切り打たれたような衝撃が走る。それから顔がカーっ熱くなり、視界がどんどんクリアになっていった。

本当に、本当にそのとおりだ。私は、待つことよりも現実を突きつけられることの方が何倍も怖かったのだと思う。知ってしまったらもうどこへも逃げられない。だって、現実を見ることはめちゃめちゃ怖い。ユウキさんが植物人間のような状態だったらどうしよう。ちょっと想像するだけでも、怖くて怖くてたまらない。でも、知らなきゃ何もできない。都合の良いことばかりを考えて、逃げているだけでは現実は変わらない。

谷さんに言われた言葉を思い出す。

「現実をちゃんと見なさい」

あの時、都合の良い言い訳で武装していた私には、どんな言葉も届かなかった。でも今になって言われたことの意味が本当にわかる。間瀬に言われた一言で、私の徳島に行く計画はあっけなく終焉を迎えた。私は、こんな自分が恥ずかしいと思った。

八月一五日

地元の諏訪の花火大会に、佐々木とタケヤスが来る。私の実家に荷物を置いて一緒に諏訪湖まで出かけた。

数年ぶりに諏訪湖の花火に来たが、相変わらず人が多い。

このあたりは高校で三年間通った場所だけど、全然好きになれなかった。駅を降りると、潰れた駅ビルとシャッターの閉まった店がずらりと並び、一面が灰色の景色だった。平気でマイナス一〇度を超える冬の寒さは大嫌いだったし、春も夏も秋も好きじゃなかった。地形が原因なのか、何か見えない壁のようなものに常に囲まれているようで、いつも閉塞感があった。

私の通っていた高校はかなり急な坂の上にあり、通学路は三年間登校したら足が大根のように太くなるとの理由から「大根坂」と呼ばれていた。

高校に入学するとすぐに女の子はいくつかのグループに別れた。そして、移動教室もお弁当の時間も基本的にはそのグループの人と行動を共にする。他のグループの子と話すと、何か悪いことをしたような気分になった。私はもともと集団行動が苦手だったので、常に誰かと一緒に行動するということはなかなか苦しかった。話が盛り上がり、反応すべきタイミングはわかったが、どうしてもうまく相槌が打てない。相手の話に関心があるようなふりをしていつも他のことを考えていた。夕刻になると、坂の上から夕日に飲み込まれていく街が一望できる。どうしてもその街を好きになれないことや、馴染めない友達のこと、なにもかもうまくやれない自分のことが嫌いで、ひとりで泣きそうになった。

高校三年生になると、こんな場所から出ていきたいという一心で、人が変わったように受験勉強に励んだ。両親は、無気力に過ごしていた娘が急に熱意を見せたのでとても喜んだ。

その成果が実り、東京の大学にいくつか合格する。その中で一番偏差値が高かった大学に行くことにした。専攻は哲学。「常識」という言葉を多用して、自分の頭で考えることをすっかり放棄してしまったこの街の人たちとは違う人々と話がしたかった。

諏訪は「ただ高校三年間を過ごしただけの街」だけれど、この花火大会だけは誇らしく思う。湖上で行われるからどの場所からでも見えるし、花火が湖に反射する水上スターマインは思わず拍手を送りたくなるくらいだ。打ち上げ花火が上がると、どーんという音が心臓に響く。
楽しそうな友人の横顔を見ていると、このふたりに何度支えられたかわからないな、と思った。側にいてくれて、ずっと付き合ってくれて本当にありがたい。近くにいた人にカメラを渡し、三人で写真を撮ってもらった。明日で夏休みが終わる。

八月二二日
人に触れられたくて、抱きしめて欲しくて、どうしようもなくなる。よく知らない、好きでもない人とセックスをした。その人は共通の友人がいるバンドマンで、妻子がいることを知っていた。彼は、謎に最後まで妻子がいることを隠そうと必死だった。
強いお酒を飲んでいたので、自分の息が酒臭いことに気づいたけど、そんなことはどうでも良かった。誰でもいいし、何でもいい。面倒なことを一瞬忘れられたら良い。
あんなに人肌に触れたくてたまらなかったのに、終わってみるとびっくりするくらい何とも思わなかった。私が欲しいものはこんなことでは手に入らないみたいだ。でも、こんな何も生みださない簡単なセックスくらいで満たされなくて良かったと思った。朝起きると、よく知らない男性が寝息を立てている。カーテンを開けると外はよく晴れていた。手早く支度をして、ひとりで駅に向かう。コンビニで大きいサイズの水を買って無心でごくごく飲んだ。

八月二三日

お昼休み、有佳子に「まだユウキさんの家族から連絡来ないの？」と聞かれた。来てない、と言うと、「うちのお父さん、人が突然死ぬところをめっちゃ見てきてるんだ」と話し出す。

有佳子のお父さんはお医者さんだ。どうやら有佳子はお父さんにユウキさんのことを伝え、若くして脳梗塞になった原因や、リハビリで回復する可能性などいろいろ聞いてくれていたらしい。「それで、人が死ぬのは仕方がないことなんだって。誰がいつ死ぬかはわからないから。ただ、それが若いというのは残念だし、可哀想なことだよってお父さんが言ってた」と言う。私は黙って頷いた。

有佳子と公園のベンチに座って、お弁当を食べる。

時間が余ったので、また近くの神社にお参りをしに行った。

八月二三日
ユウキさんの夢を見た。久しぶりに。

夢の中のユウキさんはとても痩せていて、見た目はもう知らない人みたいだった。

でも懐かしかったし、ちゃんとユウキさんだと思った。

目を覚ますと、まだ朝の五時だった。もう一回寝ようと思ったけど寝付けなくて、そのまま起きていることにする。朝ごはんを食べて、いつもと同じ七時五六分発のバスに乗って会社に向かった。

八月二八日
出勤前、会社近くのファミマでコーヒーを飲んでいると、ユウキさんのお兄さんからLINEが来た。通知画面にお兄さんの名前が出ると小さく心臓が跳ねた。一息ついてから「表示」を押す。
「近々会って話したいことがあるから時間が欲しい」

頭の中をいろいろな考えが巡る。

きっと良い話ではないのだろうな、と直感で思った。覚悟はしていたけど、やっぱりいざ現実に向き合うとなると怖い。また息が苦しくなってくる。会社に出勤し、給湯室で残りのコーヒーを捨てた。

九月二日

カメラマンの楽さんに誘ってもらって、アライヨウコさんとPOLTAのライブを観に行った。

会場に着いてお酒を飲んでいると楽さんが見知らぬ女の子と話している。そのうち私の方にやってきて「ラムネチョコという名前でイラストレーターをやってます」と挨拶してくれた。

私はラムネチョコさんをInstagramでフォローしていて知っていた。柔らかいタッチで女の子の絵を描くイラストレーターだ。水色を基調とした色使いが可愛いと前から思っていた。てっきりイラスト一本で仕事をしている人だと思っていたから、仕事帰りという彼女の姿を見て意外に思った。聞くと彼女の年は私のひとつ下で、社会人一年目。今は営業の仕事をやっていると言っていて、それもまた意外に思った。

アライヨウコさんのライブは初めて観たが、これからもっと彼女の曲を聴いてみたいと思った。

ライブが終わると二二時すぎだった。明日は土曜日なので、まだ時間に余裕がある。そこで、三人で東西線に乗り換えて楽さんの家に遊びに行くことにした。

楽さんの家には漫画がたくさん置いてあった。私は山本直樹の漫画を手に取る。ラムネチョコちゃんも漫画を読んだり、絵を描いたりしていた。気がついたら終電がなくなっていて、楽さんはイスで寝ていた。私とラムネチョコちゃんは隣の部屋に移り、毛布に包まりながらいろいろな話をした。ラムネチョコちゃんの声は聞いていて心地よかった。

次第に夜が明けてきて、お互いの恋愛の話になる。私には恋人がいるんだけど、脳梗塞で倒れて今はどういう状況なのかわからないのだ、ということを話した。あまり初対面の人にする話ではないと思ったが、ラムネチョコちゃんならちゃんと聞いてくれる気がして、話したいと思った。

四時くらいになると楽さんが起きてきて、歩いて築地に行こうという。夜明けの空は、絵の具で何層にも塗られたような淡い水色だった。橋を渡ると、海風がびゅんびゅんと吹き付けて顔が冷たくなった。

九月四日

数日前にユウキさんのお兄さんから「会って話したいことがある」と連絡が来ていた。もちろん不安な気持ちもあったが、私に断る理由なんてない。お互い都合を合わせて、時間を取ろうということになった。だが、お兄さんの仕事が忙しいらしくなかなか日程が合わないまま今日に至る。


昼休みにお兄さんから突然連絡が来た。

「当日で申し訳ないのですが、今日の夜なら一時間だけ時間が取れます」

よっぽど忙しいみたいだ。お兄さんはどんな仕事をしているのだろう……。

私は今日の夜も予定が空いていた。でも、突然のことで心の準備ができていない。一瞬どうしようかと迷ったが、これ以上先延ばしになるのも嫌だと思い「今日の夜で大丈夫です」と返事をした。するとお兄さんの事務所の位置情報が送られてくる。

「ここに一八時に来てください。お待ちしています」

場所を見てみると、港区の一度も行ったことがない街だった。ジーンズにボーダーのカットソーというラフな服装で出社してしまったことを後悔した。

仕事を終えて、指定された住所を目指す。時間どおりに建物に着くと、ユウキさんをそのままシュッと縦に伸ばしたような男性が現れた。「あ、お兄さんが実在した」と思って、胸の中で静かに驚いた。

ユウキさんが倒れたという出来事はあまりにも衝撃的だったし、それから連絡もほとんど来なかったので、それがどういうことなのか本当の意味で理解ができていなかった。まだどこかで夢のように思っていた。だが、お兄さんを目の前にすると、あらゆることが一気に現実味を増した。これから何を言い渡されるのだろう……。

背の低いガラステーブルに向かい合う形で座った。なんだか面接みたいだと思った。お兄さんは「何から話せば良いだろう……」と小さく呟いた。

まず、ユウキさんが倒れた日のことを教えてくれる。

ユウキさんは、あの日、倒れる前に幼馴染と一緒にご飯を食べていた。お酒も飲んでいたため、救急隊員からアルコールが原因で倒れたと診断され、病院でしばらく放置されたらしい。「もしかしたら脳がやられているかもしれない」と医者が思ったときにはすでに倒れてから数時間が経過していたそうだ。脳梗塞は、倒れてからどれだけ早く手術が行われるかに今後のすべてがかかっている。それなのに、ユウキさんはすぐに手術をしてもらえなかった。

なんとかその日のうちに手術は終わり、ユウキさんは一命を取り止めたが、言語中枢が破壊され、言語障害と今後付き合っていかなくてはいけなくなってしまった。そして、右半身には麻痺が残った。これから転院しリハビリが始まるが、どこまで回復が見込めるのかは誰にもわからないのだそう。

そう言えば、私はお兄さんに会ったら聞こうと思っていたことがあった。地元でお祓いをした時に、私のInstagramの投稿にユウキさんが「いいね」をつけたことがある。話を聞いていると、その時とユウキさんが緊急病棟に入っている時期が被っているようで不思議に思った。

お兄さん曰く、この時期は意識が戻っていることもあったが、スマホの操作なんてとてもできる状態ではなかったそうだ。少しでも気分転換になればと、ご家族がユウキさんのスマホから音楽を再生し、席を外したことが数回あった。その時に（非常に考え難いが）

身体が覚えていてユウキさんがスマホを操作したのかもしれないと言っていた。実のところ誰にもその真相はわからないようだった。

こんなことってあるんだなあ、という簡単な感想しか持てなかった。お祓いの願いが通じたのかもしれない、と飛び跳ねて喜んだ自分を懐かしく思う。


ユウキさんは現段階で言葉が話せないらしい。少しずつ回復をしているが、「会話とかそういうレベルじゃない」と言われた。だが、最近は簡単な質問に対してはイエス・ノーで意思を表示できるようになったそうで、「彼女に会いたい?」という質問には「ノー」と答えたらしい。「手術で見た目も変わってしまい、そのような姿を彼女に見られたくないのだと思う」とお兄さんは言った。そして、「今はお互いのために恋人という関係を解消するのはどうだろうか」と提案された。

会う前からそういう話が出る気がしていた。良くない予想が的中したが、思っていたよりも悲しくなかった。

「ユウキが回復して自分で考えたりできるようになったら、また戻っても良いし、文月さんが新しく恋愛することだってもちろん良いと思うし」

お兄さんの後ろには仕事机があり、綺麗に整頓されている。スタイリッシュなインテリアの中に、ひとつだけ子供用の切り株を模したイスが置いてあった。この部屋で何の仕事が行われているのかまったく想像ができなかった。

帰り際、「とりあえず転院したらまた連絡します」と言ってくれた。

「しばらくしたらユウキさんもスマホに触れるようになるかもしれない。そうなったら本人から連絡をさせます」とも。

事務所から出ると、かなり緊張していたようで、全身の力が抜けて、それから涙が出てきた。

Googlemapを見ないと帰れないのに、涙で画面が見れない。

どうにかして元気を出そうと思い、どついたるねんの「生きてれば」を大音量で聴く。

「生きていればいいことある　生きていればいいことある　生きていればいいことある」

自分に言い聞かせるようにして歌いながら駅まで歩いた。

九月五日

今日も眠りが浅い。
明け方、目覚めて時計を見ると四時三〇分。
もう一度寝ようと試みる。
最後にぐっすり眠れたのはいつのことだっただろう。
二度寝すると、去年喧嘩別れをした友人の夢を見た。
過去には戻れないことを夢でも思い知らされた。

九月六日

ラムネチョコちゃんと一緒に下北沢にライブを観に行った。ふたりとも仕事終わりで、会社用の四角いバッグを手にしていた。
地下にあるライブハウスに入るとぎゅうぎゅうに人が詰められていた。人が多くてステージが全然見えない。自分から誘ったくせに、ちょっとだけ帰りたくなる。ドリンクの列に並んでいると、目の前に向井秀徳がいた。けっこう酔っている様子で、二階堂をロックで注文していた。

今日の客層はけっこう若くて、自分が大学生の頃を思い出した。

私は大森靖子が好きで、よくひとりでライブを観に行っていた。東京に憧れて上京してきたものの、友達はひとりもいないし、初めてのひとり暮らしは慣れないことばかりだった。大学合格が決まり、いつのまにか親が選んでいた学生マンションで私のひとり暮らしは始まった。六畳のワンルームは「住んでいる」、というよりは「収容されている」と言った方がしっくりきた。ＩＫＥＡで買ったポップな家具を置くと、部屋に漂っている虚しさがより強調された。友達もいないし、行くところもない。この部屋で何をしたら良いのかわからなかった。ひとりの寂しさを紛らわせようと、近所のブックオフで漫画を立ち読みしたり、YouTubeを観たりして過ごした。

東京に住めば自動的に楽しいことが舞い降りてくるものだと信じていた。でも、実際は孤独で、楽しいことが何もない毎日だった。

たまたまYouTubeで大森靖子の「魔法が使えないなら」という曲を聴いた。「@YouTubeさんからあたしの全部を知った気になってライブに来ないね」と歌う彼女が、画面の向こうから私のことを見ているような気がした。彼女の歌声が身体の中に残り、どんどん大きくなっていった。画面越しのあの視線が忘れられない。そして、とうとう部屋に籠りきりだった私ははじめてひとりでライブハウスに行った。

渋谷のライブハウスは、エレベーターで四階にあがったところにあった。ロッカーの場所がわからず、リュックを前に抱きかかえるようにして観ることになった。

大森靖子はアコギ一本だけを持ってステージに登場した。途中から歌うのを止めて、歌詞を叫びだした。ギターを掻き毟るように弾いて、弦が何本も切れた。最後にはギターも捨てて、マイクひとつで叫んでいた。その姿は何かと闘っているみたいだった。

私は目を見開いて、忘れないように、ちゃんと見た。一瞬だって見逃したらいけないと思った。自分の体温がどんどん熱くなっていくのがわかった。こんな世界があることを知ることができて良かった。まだ私の中にこんなに熱くなる部分が残っていて良かった。終演後、CDにサインをもらいにいくと快く引き受けてくれた。大森さんの笑顔が可愛かった。

その頃の私は、驚くほど自分をコントロールできなかった。

夏休み前には友達も少しだけできて、彼氏もできた。彼はひとつ年上で、同じ学科の先輩だった。社交的で、誰からも好かれる彼と付き合えて嬉しかったのも束の間、彼を失ってしまう恐怖に囚われて、どんどん不安定になった。

女の子がいる飲み会に参加すると癇癪を起こし、元カノと連絡を取っていることが発覚したときは、彼の携帯を風呂に水没させた。こんなんじゃいけないという気持ちがあったが、そこから抜け出せないストレスで段々と過食するようになった。食べることで誰にも埋められない空白を埋めた気になっていた。自分がどんどんおかしくなっていくのがわかって、毎日怖かった。

大森靖子の曲を聴くと、あの頃の気持ちを思い出す。自分の扱い方が分からなくて、とにかく苦しかった。好きな人に側にいて欲しかっただけなのに、その一言がどうしても言えなかった。人とうまくやれない自分にとって、音楽と漫画だけが心の救いだった。


今日のライブは、バンドセットのカネコアヤノがすごく良かった。

帰り際に、同じグループ会社のながみーを見つけて声をかける。彼はトビーさんという先輩と来ていた。ふたりが属する会社は自由な社風で、前から羨ましいと思っていた。仕事終わりだというのに、ふたりともかなりラフな服装だ。私は自分の仕事用バッグが恥ずかしくなって、ふたりから見えない位置に持ち替えた。職場が近いので、今度三人で飲みに行こうと約束をして別れた。

九月八日

「ネイキッド」というWEBサイトをやっているちょめさんと撮影をした。ちょめさんには大学生の時、一度だけポートレートを撮ってもらったことがある。

最近の彼はすごくポップなヌード写真を撮っていた。被写体はヌードなのに、まったくいやらしさがない。面白い試みをしているなあと思っていたら、「久しぶりに撮らないか」と声をかけられた。

今回は事前にヌードを撮りたいと言われていた。私はヌードを撮られることは良かったけど、もし公開するのなら顔を出すのはNG、と伝えた。

民泊のアプリで借りた都内の一軒家で撮影をする。三階建てのその家は、屋上までついていた。ちょめさんとの撮影は遊んでいる感覚で楽しかった。

朝から撮って、終わったのは夕方の一八時くらい。何も食べていなかったので、気を抜いたらフラフラした。近くにあるお蕎麦屋さんで蕎麦天丼セットを食べて解散する。

家に着くとさっそくデータが送られてきて、「また撮らせて欲しい」と言われる。久しぶりに人から褒められた気がして嬉しかった。

九月九日

ちょめさんから撮影した写真を「ネイキッド」に載せて良いか聞かれる。顔が写っていないものに関しては大丈夫と答えた。すると、彼の中ではいつの間にか私が顔出しOKと認識していたそうで、「その条件だと公開できる写真がない」と焦り出した。思い返してみれば、送られてきたデータはすべて顔が写っていた。一気に彼のテンションが下がっていくのがわかる。

「基本的に俺は公開できない写真なんて価値がないと思ってる」

「私は、撮られるという行為に興味があるし、公開することは自分の目的ではありません」

「今さらそんなこと言われても困る」

「事前に言ったはず。確認をしてください」

結局は事前に私が顔入りのものはNGと言っていたことがわかり、ちょめさんが謝る。

正直なところ、私は写真を公開されてもどっちでも良かった。すごく気に入っている写真が何枚もあったし。でも、会社の人や家族に見られたらまずいような気がする。ヌード写真を理解してくれる人は少ないだろう。

私はちょめさんに「公開することを目的としていない」と言ったけど、本当は批判されるのが怖いだけな気もする。

九月一〇日

仕事中に何気なくスマホを触ると通知画面にユウキさんの名前が表示されている。一瞬見間違えたのかと思って、二度見した。どうやら本当にユウキさんからLINEが送られてきているようだった。急に心臓がバクバクと鳴り出し、スマホを持ってトイレに駆け込む。個室に入り、慌ててメッセージを表示した。

「ごめんね。大好きです。さよなら」

まず最初に、ユウキさん本人から連絡が来たことに対する嬉しさが押し寄せてきた。私は、ずっと、ずっとこの瞬間を待っていた。自分でスマホを触れるようになったんだ。私のことも覚えていてくれていた。連絡をくれたことがとにかく嬉しい。だが、すぐに、そのメッセージの意味を理解して、混乱する。「だめ！　さよならしないでください」と慌てて送った。

自分のメッセージの下にすぐに「既読」が付いた。それだけで軽く飛び上がりそうになるほど嬉しかった。ユウキさんが生きている。続けて「生きていてくれてありがとう」と送る。少しすると、ハートマークのスタンプが送られてくる。ユウキさんからスタンプが送られてきた‼　嬉しくて、また跳ね上がりそうになる。

私は「会いに行きたいです」と送ったが、その日はそれから返事は来なかった。

九月一一日
またユウキさんからLINEが来ていた。

「失語症がでてくるの。はなしもでてこたい。ひぎてもまひ。」

うまく変換できていなかったが、意味は取れた。一生懸命スマホを操作している彼の姿を想像して心が痛む。私が想像したユウキさんの姿は以前のままで、頭には髪の毛もあった。

そして「一年たったら仲良くしてね。それまでばいばい」と送られてきた。私は急いで「ずっと待ってるから」と返した。また既読がついた。これだけでも安心する。

ずっと何か月もユウキさんと連絡を取れる日を待っていた。今の状態では、ユウキさんは私に会いたくないのかもしれないけど、会える日まで頑張ろう。一年後だって、私は待つぞ。

九月一五日

ユウキさんからＬＩＮＥで短い文が送られてくるようになった。病室から見える景色や食事の写真、そして動画もたまに送られてくる。文は意味が取れないこともあるが、ユウキさんが自分とコミュニケーションを取ろうとしてくれていることが何よりも嬉しかった。

今日はリハビリに使っている教材の写真が送られてきた。五十音のひらがなの表や、自分の名前を書く練習をしたノート。そこに書かれていた文字は直線がぐにゃぐにゃ震えていた。右半身が麻痺していると聞いていたので、おそらく左手で書いたものなのだろう。ノートには何個も自分の名前が書いてある。

九月二〇日

佐々木と一緒に、ｃｅｒｏとペトロールズのライブを観に行った。入口付近ですら、窒息しそうなくらい人が溢れている。ペトロールズが演奏している音は聴こえるが、その姿は全然見えなかった。転換の時に、ここぞと前の方に行く。ｃｅｒｏのステージが始まる頃にはかなり前方に移動することができた。

ｃｅｒｏの高城くんがステージに上がってきたのだが、どうも既視感がある。演奏したり歌ったりしている姿がユウキさんにしか見えないのだ。もちろん頭ではそれがユウキさんではないことはわかっているんだけど、どうしてもユウキさんにしか思えなかった。これは一体何なんだろう。ｃｅｒｏの音楽は全然入ってこなかった。

演奏を終えて高城くんがステージから降りていく。こちらに手を振って、やがて見えなくなった。なぜか、これでもうユウキさんとは会えないのだな、と思った。私はその後もぼーっとしてしまい、家に帰るまでの記憶がない。

家で高城くんの写真を検索してみると、全然ユウキさんに似ていなかった。

九月二三日

週末、広島に行ってきた。

少し前から、行ったことがない場所にひとりで行ってみたくて、行くならなんとなく広島がいいなと思っていた。広島なら観光できる場所もあるし、そこそこ都会だからひとりでも大丈夫だろう。

今日は厳島神社に行った。船で宮島に渡ると、たくさんの鹿が目に入った。海辺なのに鹿がいる。珍しがって近づいて見ていたら、船着場でもらったパンフレットを食べられてしまった。周りを見渡すと、みんな家族やカップル、友達同士で来ていて、ひとりなのは私だけのようだった。急に心細くなる。

海沿いを歩いてると「行き止まりDEAD END」という看板にぶつかり、これ以上先に進めなくなった。

広島に転勤になった友達に連絡して、夜ご飯を一緒に食べた。少しだけ飲んで、その後近くを散歩する。歩いていると平和記念公園まで来て、それから突然原爆ドームが現れた。暗闇の中にいきなりあったので、びっくりして「わっ」と声をあげてしまった。

友達が私の泊まるホテルまで送ってくれて、明日もまた会う約束をした。

安いビジネスホテルはしんとしていて、ひとりで寝るのは怖かったが、歩き疲れて気づいたら眠っていた。

九月二四日

六時三〇分に起床。よく晴れている。もう少し寝ていたかったが、外を散歩するのも良いなと思い早めに朝食を摂ることに。原爆ドームと資料館は朝八時からやっているらしいので、ホテルを早々にチェックアウトして向かう。

昨日は暗くてちゃんと見えなかった原爆ドームを細部まで見た。

修学旅行なのか、小学生の集団がドームの前で集合写真を撮っていた。先生が「ピースサインをしてはいけないよ」と言って、みんなどんな顔をしたら良いのかわからなくて困っている。

資料館に着くと、まだ朝の八時半なのに受付にはけっこう人がいた。原爆が投下される数分前に撮られた、市内の小学生の集合写真が印象的だった。この後の彼らの運命を想像すると何とも言えない気持ちになり、写真の前でしばらく立ち尽くしてしまう。最後のコーナーに、被爆した子供たちの日記や、死んでしまった子が身につけていたものが展示されていた。小学生の女の子の日記には「今日はお掃除を頑張りました。何でも一生懸命やれば楽しいものです」と書かれていた。この数日後にこの子は被爆して亡くなってしまったのだそう。

資料館から出て広場を歩いていると、すごい数の千羽鶴が飾られている場所があった。そこに親子がいて、子供はもの珍しそうに千羽鶴を見ていた。私は、今まで千羽鶴を折る人の気持ちがまったくわからなかった。もっと他にできることがあるだろうと思っていた。でも、今、無数の千羽鶴を目にして、それを折った人の気持ちが痛いくらいわかった。ユウキさんが倒れた直後のことを思い出す。毎日あんなに想って、祈っていたのに、そのことを証明できるものが何もなかった。自分には何もできないことがとにかく苦しかった。側にいたくても、それが叶わない。だから、彼らは鶴を折って自分の祈りを込めた。

私がこうして日記を書き残していることも祈りに似ている。いつかまた思い切り笑えるように、祈りながら書いている。

九月二八日
最近生理でもないのにずっと出血が止まらない。気になるので仕事が終わって近くの婦人科に行く。平日だというのに待合室には人がたくさんいて、予約は一八時三〇分からだったのに、二〇分以上も待たされた。

診察室に呼ばれて、検査をする。婦人科の検査は何回やっても慣れないし、苦手だ。診察室から出て、先生に呼ばれて紙を渡される。明るい髪色の先生で、枝毛が目立っていた。渡された紙を見てみると、「子宮頚がん陽性」と書かれている。

意味がよく理解できないまま呆けていると「検査の結果、陽性です。大きめの病院で再検査ですねー」と言われた。

「え、私はガンなんですか？　病院ってどこに行って何をしたらいいのでしょうか」

「受付で説明ありますから、そちらで聞いてくださいね」

私の質問には答えず、冷たくあしらわれた。先生は一度も目を見てくれなかった。受付でも大した説明がなく、「コルポ」という検査をしなくてはいけないらしいのだが、コルポは大学病院などでしか受けられないらしい。特に病院を紹介してくれる様子もない。受付にも列ができはじめていたので「自分で調べます。ありがとうございました」と言って病院を出た。

ひとりになったら急に不安が押し寄せてくる。身体に力が入らない。スマホで「コルポ

検査　都内」と検索するも速度制限でなかなか出てこない。やっと表示された病院に電話をかけたら「うちはコルポやってないんですよ」と言われる。サイトをもう一度見てみると、そこにコルポという表記はなかった。上位表示されるように広告を打っている病院にひっかかってしまった。

不安と焦りでイライラが加速する。一九時を過ぎるとどこも診療時間外で、電話をしても繋がらない。すべてに見放されたような気持ちになり、視界がぼやけてくる。自分は死ぬのだろうか。

宮益坂を下ると、タワレコの前に大学生が群れていて通れない。店からは韓国のアイドルの曲がガンガン流れていた。みんな死ねば良いのにと思った。

こんな気持ちだけど、今日はながみーとトビーさんと飲み会の予定があった。お酒を飲みたい気持ちではなかったが、このままひとりで帰る方が怖くなるだろう。今は気晴らしをすることに意識を集中させることにした。

ふたりと合流して、渋谷の山がたに行く。いつもよりお酒をたくさん飲んだ。ふたりが働く会社の話は面白かった。勤怠システムをハックしたエンジニアの話とか、日報で自撮りを挙げるおじさんがいるとか。おかげでけっこう気が紛れたので、今日予定があって良かったと思った。トビーさんとは家が近いことが判明し、一緒に帰った。近所なので、これから時間が合えば近所を散歩しようと約束をして解散。

スマホを開くと、Safariが子宮頸がんについて調べたページのままだ。お腹の下のほうが重く感じる。病気が怖い。死にたくない。

九月二九日

あらためて都内でコルポの検査ができる病院を探して電話をかける。検索すると「東京都がん検診センター」や「国立がん研究センター」がヒットする。自分ががんである可能性を信じられないし、信じたくもない。いくつか電話をかけてみたが、基本的には平日の昼間しかやっていないし、どこも予約でいっぱいだった。

五件目に電話した飯田橋の元気プラザという病院なら来週一枠空きがあるというのですぐ予約。「コルポ」がどんな検査なのか聞いてみると、ホチキスのようなもので子宮頸の細胞を数か所採取するのだと言われる。すぐに終わるので安心してくださいと言われるが、細胞を採取すると聞くだけで怖い。でも、ユウキさんなんて頭部を切開する手術をしている。それと比べたら自分がこれから受ける検査なんて全然大したことない。

一〇月一日
ユウキさんに「会いに行きたい」とLINEを送ると「ごめんね」と返事がきた。
やはりまだ会いたくないということだろうか。
無理やり押しかけるのも悪いと思うけど、やっぱり直接会いたいと思う。

一〇月二日
ユウキさんから突然長い文章のLINEが届く。

「もし病院に来られるのであれば、夜七時過ぎにいらしてください。初台リハビリステーション一階ロビーです。そちらの都合の良い日で大丈夫です」

おそらくご家族の誰かが代わりに送ってくれたのだろう。ずっと会いに行きたかったのに、お見舞いに行けることが現実的になると急に不安になった。

「やはりユウキさんはご家族以外にはまだ会いたくはないという感じでしょうか？　そう

であれば病院には行かないようにします」

「ありのままの状態を見ていただいた方が良いと思い、病院に来てくだされぱと思います」

そう送られてきて、急に怖気づいてしまう。

「ありのままの状態」に向き合う覚悟が自分にはあるだろうか。

一〇月三日

ニュースで今日は満月だと言っている。仕事が終わって外に出てみると気候が気持ちよかった。

誰かと話したい気持ちになり、トビーさんを散歩に誘ってみる。彼はまだ会社にいるが、もう仕事が終わるとのことなので、二一時に集合して散歩をすることになった。

ふたりの中間地点の駅に集合して、あてもなく散歩をする。大きい木を見つけて樹齢を予想したり、いろいろな家を見比べてどの家に住みたいか話し合った。くだらない話しかしなかったが、トビーさんとはなんだか波長が合い、話していて楽しかった。

コンビニで日本酒を買って、車の停まっていない駐車場で飲んだ。

寒くなってきて、時計を見るともう夜中の二時になっている。こんな時間になっていることに驚き、ふたりとも明日も仕事なので解散した。

最近は、がん検診のことや、ユウキさんのことが気になり陰鬱な気分が続いていた。トビーさんと話して、久しぶりに気持ちが外に向いて嬉しい。家に帰るとそのままベッドに倒れこむようにして眠った。

一〇月四日

明日、ユウキさんの病院に行くことに決まった。
この日をずっとずっとずっとずっと待っていたはずなのに、どうして浮かない気分なんだろう。お母さんから送られてきた「ありのままの状態」という言葉がずっとひっかかっている。

今日は飯田橋の病院で、コルポという子宮頸がんの検査をした。
名前を呼ばれて、診察室に入る。カーテンで視界が遮られていたので、何をされているのかよく見えなかったが、ホチキスみたいなものでバチン！ と細胞を取られた。

検査はあっという間で、思っていたより痛くはなかった。初老の男性の先生が「検出した細胞の状態も悪くはなさそうだ」と言う。ちゃんとした結果は出ていないが、その言葉だけでかなり安心した。先生に質問すると、わかりやすく丁寧に答えてくれた。渋谷のクリニックの先生とは大違いだった。

自分が病気かもしれないと思うだけで、見えている世界が一変した。人の優しさが沁みて、日常の風景が色鮮やかに見えた。生きていられることに感謝しようと本気で思った。自分が病気になるのも嫌だし、家族や親しい人が病気になるのも同じくらい嫌だ。なるべくみんな健康で、ずっと元気でいてほしい。当たり前の毎日をもっと大切に生きたい。

一〇月五日

今日は仕事終わりにユウキさんのお見舞いに行くことになっていた。六月一七日、ユウキさんが倒れてから初めて会う。朝から仕事もろくに手につかず、かなり緊張していた。

一八時ぴったりに仕事を終え会社を出る。渋谷駅に直結している東急百貨店に寄って、手土産を買うことにした。いろいろなお店を物色した挙句、スフレケーキの詰め合わせと、小さな鉢植えに入った花を買った。そして中野行きのバスに乗り、病院に向かう。

思っていたよりもバスは時間がかかり、知らない名前のバス停を通り過ぎるたびに不安を感じた。ユウキさんは、会話はどれくらいできるのだろう。もし何も通じなかったらどうしよう。バスが進むにつれて緊張が高まる。手持ち無沙汰に耐えかねてTwitterを開いてみるが、何も頭に入ってこない。

バスは私を知らない街に運んでいく。教えてもらった病院の前にバスが止まり、降りる。思っていたより大きな病院で、白い電気が煌々と室内を照らしている。

受付でユウキさんの名前を告げて、訪問者のカードに記入をした。病室は二階と告げられたので、階段を探して歩いた。すると、ロビーの奥の方に、どうも見たことがある背中が俯いていた。……たぶん、ユウキさんだ。

ユウキさんは何をするでもなく、ただ下の方をぼんやり見ていた。足には大きくて重そうなギプスをしていて、首からは札のようなものを下げている。その周囲にはどんよりとした空気が漂っているように感じた。ユウキさんはまだ私に気づいていないようだ。

私は無意識に女子トイレに逃げ込んでいた。明るく振舞うことが何よりも重要だ、と自分に言い聞かせる。鏡を見て身なりを整える。大きく息を吸い込んで、さあ行くぞ、と意気込み、トイレを飛び出した。

丸くなった背中にゆっくり近づき「ユウキさん」と声をかける。ユウキさんが私の顔を見上げる。目で私の顔を捉えると、「文月さん……」と消え入りそうな声で言った。

それからユウキさんは静かに泣き出した。前より痩せて、髪の毛もずいぶん短くなっていた。それでもユウキさんだった。手は震えていて、握ってみると暖かかった。「久しぶりだね」と言うと「うん、うん」と頷き、私の顔を見ていた。

それからユウキさんの部屋に案内してくれる。

ユウキさんは大きな杖を使ってゆっくりと立ち上がった。右半身が麻痺しているらしく、ギプスと杖で一応ひとりでも歩けてはいるが、一歩踏み出すたびに身体はぐらつき、少しでもバランスを崩したら倒れそうだった。

ここは脳のリハビリ専門の病院で、廊下ですれ違うのはおじいさんや、おばあさんばかり。二階のテレビが置いてある広間は、老人ホームにしか見えなかった。


ユウキさんの部屋に入ると、病院特有の生温かい匂いがする。鏡の横には、誰かからもらった千羽鶴が飾ってあった。広島で見た無数の千羽鶴を思い出す。私以外の誰かが、ユウキさんのことを想い、祈っていた。

ユウキさんは首からプラカードを下げていて、そこには「失語症で、話す、書く、聞くが不自由です」と書かれていた。しかし、思っていたよりも意志の疎通ができているように感じた。簡単な会話なら通じているようだったし、やっぱり姿が元のままだったから何が損なわれたのかあまりわからない。でも、話していると言葉の意味が理解できていないと思う場面が何度もあった。

ユウキさんはわからない言葉を受け取ると、その単語を繰り返しながら、何もない宙を見ていた。それは、私が初めて見た顔だった。そして同じ話を何度も繰り返す。iPhoneを操作するときも、どこにどの文字が配置されているのかわからない様子。打ちたい単語を打とうとしても時間がかかり、そうしているうちに何の単語を打ちたかったのか忘れてしまっていた。

こんな状況で毎日LINEをしていたのか。

笑い方や声はユウキさんのままだったが、やっぱりどこか雰囲気が変わったように思えた。


ユウキさんに持ってきたお花とスフレケーキを渡すと「ありがとう」と言ってスフレケーキを食べたそうにしている。ひとつ渡して、私もチーズ味の方を食べることにした。

ふと横をみると、ユウキさんがスフレケーキを左手に持ったままで、困ったような顔をしている。右手を使えないユウキさんはビニールを開けられないことを瞬時に理解した。

「私が開けるね！」と言って、慌ててビニールを破いて渡す。

ユウキさんは申し訳なさそうに「ありがとう……」と言った。


そうこうしていると看護婦さんが部屋に入って来て、面会の終了時刻になったことを告げた。お見舞いに来た記録としてiPhoneで写真を撮って、ユウキさんと別れた。

ユウキさんにやっと会えて嬉しかった。

気がかりだった「ありのままの姿」は、想定よりもよっぽど元気で、希望が持てた。リハビリはこれから本格的に始まるようだし、順調に行くと良いなと思った。

少し遠いけど、病院から新宿まで歩いて帰ることにした。

道路沿いの高層マンションを見上げると、暖色の光が漏れている。

新宿に着いたら、何か温かいものを食べて帰ろう。

イヤホンを耳に入れて、アライヨウコさんの「漕ぐ」を聴く。ライブバージョンの音源は、サビの歌声が泣いているように聞こえた。

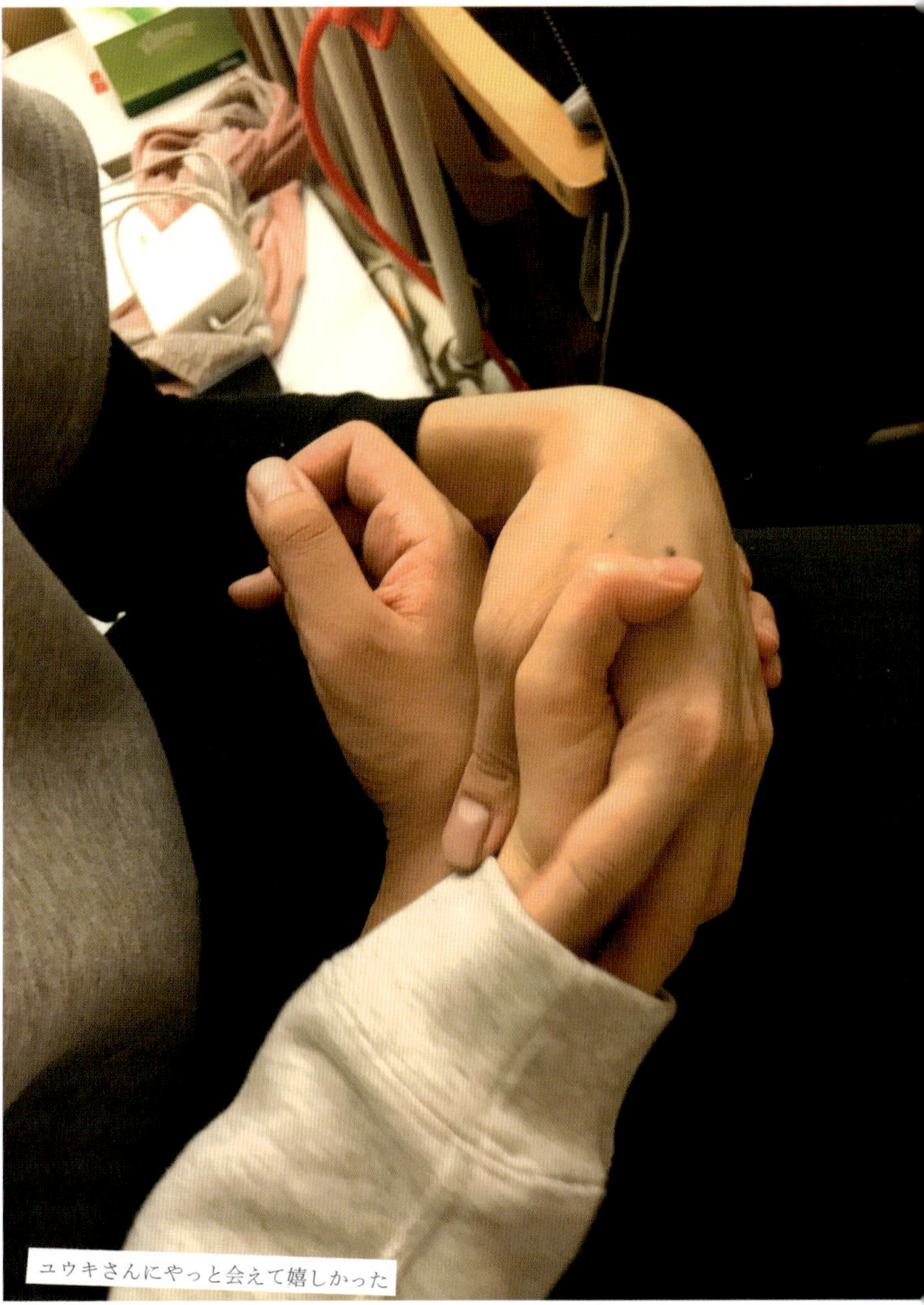
ユウキさんにやっと会えて嬉しかった

風景は霞んですべて灰色に見えた。
だが、花や木々の色だけ鮮やかに浮かび上がってきた

前回ここに来たのは桜が散り始めた頃だ。
あの時は、こんな未来がくるなんてまったく思っていなかった

全回復した人の例だってあるし、
きっと大丈夫な気がする。
ユウキさんと私は前を向くしかない

なるべくみんな健康で、ずっと元気でいてほしい。
当たり前の毎日をもっと大切に生きたい

海沿いを歩いていると「行き止まり DEAD END」という看板にぶつかり、これ以上進めなくなった

一〇月七日

脳梗塞のリハビリ方法、完治までにかかる時間、実際の事例なんかを調べてみた。

病状によって個人差があるものなので、どのサイトにも「焦らず、根気強くリハビリを続けることが大事」という心構えのようなことしか書かれていない。

それでも、どこかに希望が持てそうな事例が落ちていないか、何時間もネットの海を泳いだ。

失語症には、ブローカー失語とウェルニッケ失語の二種類があり、脳のどの部分が損傷されたかによって症状が異なるらしい。

ブローカー失語は、言葉を発する機能が破壊されてしまい発話がスムーズにできなくなってしまうこと。一方、ウェルニッケ失語は、発話はスムーズにできるため、普通に話しているように見られてしまうが、実際は会話の内容を理解できていないらしい。

お見舞いに行った時の様子だと、ユウキさんはどちらにも当てはまっているように感じた。


先日、知人が運営しているシェアオフィスPoRTALの交流会で、脳科学の専門家という人に会った。その人は脳科学をダイエットやアスリート育成に役立てるビジネスを考えているらしく、話をするタイミングがあった。「知り合いが脳梗塞で失語症になっているんです。これってどれくらいの確率で治るものなんですか？」と聞いてみた。するとと「一般的に、破壊された脳細胞は戻りません」と言われた。あまりにきっぱりと言い切るので、爽快感すら覚えた。この人はさっきまで、脳の未知なる可能性について周囲に説いていた。何かしらポジティブなことを言ってくれると期待していたのだが、それは見事に叶わなかった。専門家に、そうはっきり言われるとやはりショックだった。

だが、ユウキさんはまだ若いし、本格的なリハビリはこれから始まる。

全回復した人の例だってネットで見つけたし、ユウキさんはきっと大丈夫な気がする。

ユウキさんと私は前を向くしかない。

一〇月一三日

昨日、この前のがん検診の結果が届いていた。精密検査の結果は陰性で、特に問題は見られないということだった。ポストの前で「良かった……」と思わず呟いた。病院からの案内に、「忘れず定期的に検診を！」と書いてあったので、スマホを取り出して、一年後の予定に「婦人科検診予約」と入れた。

一〇月一四日

ユウキさんとLINEができるようになり、毎日簡単なやりとりをしている。お見舞いにも行けるようになったし、やっといろいろなことが前に進みだしたような気がする。あんなに連絡を待ち続けた数か月が嘘みたいだ。あの時は本当に毎日苦しかった。

ユウキさんとのやりとりには、LINEのスタンプをよく使う。キャラクターの表情や動きで感情のニュアンスが伝わる。言葉が出てこないストレスからユウキさんが少しでも解放されると良いな、と思った。

ＬＩＮＥは写真や動画、そして聴いている音楽まで共有することができた。こうして何かしらを送り合うことで、ユウキさんと繋がっているような気持ちになれる。

言葉のキャッチボールはほとんどできなかった。私が送った言葉の意味を聞かれて、それをまた言葉で説明をする。それによってまたユウキさんが混乱してしまうというループに何度も陥った。画面越しにユウキさんが混乱している様子が伝わると、私まで焦った。最初は前みたいに、言葉でのやりとりを試みたが、最近はもう言葉でコミュニケーションを取ることを止めてしまった。

一一月五日

仕事でバタバタしていて、なかなか日記が書けなかった。

新サービスの動画制作を私に任せてもらえることになり、やることが多くていろいろと大変だった。でも、自分の好きにやらせてもらえるのでけっこう楽しい。

ユウキさんとは相変わらず毎日連絡を取っている。連絡といっても、撮った写真やスタンプを送りあうくらいのものだが、それでも私は嬉しかった。

数日前に、どこかのリハビリセンターのパンフレットを撮ったものが送られてきた。その施設は今の病院よりは小さく、地域の公民館のように見えた。パンフレットには手書きで、何かの日付が記入されている。

おそらく今の病院を退院して、その日から新しいリハビリセンターに通うことになるのかな、と推測した。「デイケア」と書いてあるので、自宅からここへ通うようになるのだろうか。ともかく、リハビリが次のステージに進むということだろうし、嬉しい。


今日は、トビーさんと遊ぶ約束をしていた。

行ったことがない大学の学園祭に行ってみたいということで、早稲田の学園祭に行くことにした。近所のカフェで待ち合わせて、軽く朝食を食べてから早稲田に向かう。想像を遥かに超える人の多さに、さっそく気持ちが萎えそうになる。

私は道重さゆみさんのトークショーを観に行きたかったが、既にチケットは完売。仕方がないので、校内を適当にふらふらして、なんとなく学祭の雰囲気を味わったところで大学を出た。

そこから神楽坂まで歩いて、龍朋でチャーハンを食べる。社会人になってから行けていなかった龍朋に久しぶりに来れて嬉しい。神楽坂は大学生の時に半年間だけ住んでいた街で、歩いているといろいろな思い出が蘇ってきた。

私が昔住んでいたアパートに立ち寄ると、今は誰かが住んでいる様子だった。男性用の大きなクロスバイクが置いてあり、すっかり「誰かの家」だった。自分が本当にここに住んでいたのか疑わしくなる。

神楽坂から東西線に乗り、中野で飲むことにした。お気に入りの居酒屋が空いていたので、そこで鳥刺しをつまみながらビールを飲んだ。トビーさんに「今日は三食一緒に食べましたね」と言うと「ほんまや！」と目を丸くして素直に驚いていた。

直接確かめたわけではないが、トビーさんには恋人がいない気がするし、私にも彼氏がいないと思われている気がする。だからこそ、気楽に誘い合って遊びに行けるのだろう。

なんとなくトビーさんにはユウキさんのことを知られたくないなと思った。

一一月六日

仕事終わりに渋谷のGALLERY X BY PARCOでやっているたなかみさきさんの個展に行く。

彼女のイラストはユウキさんも好きだったから、新刊のイラスト集を買って、次にお見舞いに行くときに渡してあげようと思った。

会場に着くと、屋外で女の子たちが長い行列を作っていた。これに並ばないと入れないのだろうかと思っていると、この列はたなかみさきさんのサインを求める人の列であると理解した。ちらりと会場を覗くと本人がいて、せっせとサインをしている。

私はサインを諦めて、イラスト集とステッカーだけ購入することにした。

平積みされている本を手に取る。イラスト集のタイトルは『ずっと一緒にいられない』だった。これをユウキさんに渡すのはどうなんだろうと一瞬迷ったが、会計を済ませて会場を出た。外の行列はさらに伸びていて、最後尾がもう見えなくなっていた。

一一月一二日

ユウキさんの家にお見舞いに行った。

数日前にユウキさんといつものようにLINEをしていると、「これからは自宅療養になり、リハビリステーションに週に二回ほど通うようになります」と送られてきた。

どうやらこの文章はユウキさんのお母さんが打ってくれていたようだ。やりとりを続けていくと、ご自宅に伺って良いと言ってくれたので、お邪魔させてもらうことになった。

そこからはユウキさんと、時間を決めて、家の場所も教えてもらい、集合場所を決めたのだが、この約束を取り付けるまでがものすごく大変だった。「一一月一二日にユウキさんの家に行っていい？」と送ると、「いいけどお兄さんとかが混じってるからな」と返事が。恐らくお兄さんも実家に来ているから別の日が良いということだろう。「それなら別の日にするよ！」と送ると「まあ、なんとかなるでしょ！　別れたから秘密にしてね」と送られてくる。別れたから秘密にしてね、の意味はよくわからなかった。前の彼女のことだろうか。

これで約束が取り付けられたと思って良いのか微妙なところだったが、一応一二日のスケジュールに「ユウキさんお見舞い」と記入した。

前日に「明日何時に行ってもいい？」と聞くと「母が熱出しちゃって、それでもいいなら。。」と返事が来る。「それなら明日はやめておくね！」と送ると「風邪だから大丈夫！」とのこと。風邪だから駄目なんじゃないのか。とりあえず「お大事にとお伝えください！」と送ると、ユウキさんの自宅と思われる位置情報と、どこかの病院の自動ドアの写真が送られてくる。この写真の意味はまったくわからなかった。どうしたら良いのかわからず困っていると、「一四時〜でいいよ」と送られてきた。どうやら行って良いということになったみたいだ。たなかみさきさんのイラスト集を忘れないようにリュックに入れる。念のため「じゃあ一四時に駅に着くように向かうね！」と送ると、「すみません。母も厳禁」と返ってくる。やはり行くのは駄目ということなのだろうか……。ここへ来て完全にわからなくなった。

会話が思うように先に進まない。

肩が力んでいることに気づき、鼻から大きく息を吐いた。

ユウキさんは何も悪くない。

そんなことはわかっているのだが、この感情をどう処理して良いのかわからない。焦燥感がべったりと背中に張り付いて剥がれない。

思えば、私たちはほとんど言葉を介さないコミュニケーションに頼り、勝手につながったような気持ちになっていた。だが、スタンプや写真だけのやりとりは、一方通行の情報に過ぎなかった。そんな私たちの〝コミュニケーション〟をユウキさんは楽しんでいるように思えたし、私も気が楽だった。

今回のように予定を決めたり、相手に確認をしたり、という当たり前にやっていたことが、こんなにも大変なことになってしまって戸惑っている。

ふと鏡を見ると顔がすっかり疲れていた。髪の毛を両手で掴んでぐいぐい引っ張る。こんなことで折れてはいけない。するとまたユウキさんから連絡が入った。

「まってます」

どうやら待ち合わせができたようだ。

これで約束が取り決められたと思って良いのか半信半疑だったが、私は自分の部屋の中で窒息しそうになっていた。荷物の準備をして、飛び出すように家を出た。

指定された駅に着くとユウキさんとお母さんが迎えに来てくれていた。お母さんは大きなマスクをしている。

「風邪とお聞きしました。すみません」と言うと、「大丈夫よ、来てくれてありがとうね」と優しく微笑んでくれる。

休日で人が多く、ユウキさんは向かってくる人に何度もぶつかられそうになっていた。前に会った時よりは安定して歩いていたが、右足を引きずるように歩き、一歩踏み出すと全身が揺れた。まだ当分ひとりで外出は出来ないだろう。


ユウキさんの家は駅から五分くらいの場所にあった。

ソファに座っていると、お母さんが食事を用意してくれた。どの料理も手が込んでいてとても美味しかった。ユウキさんは最初、障害者用の箸を使い、右手で食べようとしていたが、食べ物を落としてしまう。お母さんがフォークを差し出すと、ユウキさんは左手でフォークを持ってご飯を食べた。利き手の右手は、握力が極度に落ちていて、何かを握るだけでも一苦労のようだった。

ご飯を食べ終わり、ユウキさんがリハビリで出された宿題をはじめた。教材はローマ字の一覧表や簡単な足し算など、小学生用の問題集だ。一問一問、時間をかけて解いていく。算数はわりと順調に進めていたが、国語の接続詞を選ぶ問題は、正解していてもピンと来ていない様子だった。左手で描かれた字は、本物の小学生が書いたみたいだった。

隣でその様子を見ながら、ユウキさんには今どんな風に世界が見えているのだろうかと想像してみる。私が読んだ本には、脳梗塞の患者は「知らない言語の国にひとりで放り込まれたように孤独と不安を感じる」と書いてあった。


ユウキさんは頭が良くて、ものを作ることが好きだった。スライド式の机や、自分のサイト、作った音楽などいろいろなものを私に見せてくれた。素人の私でも、そのどれもが簡単には作れるものではないことだけはよくわかった。ユウキさんの仕事や音楽が多くの人から評価されていたことを知っていたが、それを私に誇示することはなかったし、変な謙遜もしなかった。

きっと彼には、私には見えない世界が見えているのだろうと思った。何かに没頭しているときのユウキさんは、気軽に話しかけてはいけないような雰囲気があった。

以前の自分が出来ていたことが出来なくなってしまったこと。そして、それを受け入れなくてはいけないということはどれほどショックだろう。今のユウキさんは、足し算の繰り上がりが出来なくて手が止まっている。お母さんが「この子はね、高齢出産なのよ。だから、昔から身体も弱かったし、かわいそうなことをしたわね。すごく優しくて良い子なんだけど」と言っていた。

誰も悪くないと思う。そう思ったし、そう伝えたかったが、なぜか口が開かなかった。


宿題を終えて、二階のユウキさんの部屋を見せてもらう。

ギターやシンセサイザー、見たこともない録音機材などがたくさん置いてあった。少し前まで彼の手足のように使われていたものたち。壁にはユウキさんが昔描いたデッサンや、留学していた学校の卒業証書が飾ってある。

薄々勘付いていたことだが、ユウキさんと私では見てきた景色が全然違った。彼がいた場所は、私の地点からすごく離れたところだったということが今さら明らかになった。

飾ってあるものを指差して「すごいね」と言うと、「もうダメになっちゃったけどね」と言った。その声がとてもハッキリしていて、倒れる前のユウキさんに戻ったような気がした。ハッとして顔を覗き込むと、その眼はぼんやりと近くの空中を見ていた。

帰り際に、お母さんが「また来てくださいね」と言ってくれる。お礼を言って、家を出た。

緊張していたのか、ひとりになるとほっとした。

久しぶりにユウキさんに会えて嬉しかったが、それから何だか気持ちが晴れなかった。

一一月一四日
昼休み。会社の先輩が彼氏のダメなところを笑い話にしていたが、うまく笑うことができなかった。親しい友達は気遣ってくれているのか、私に恋愛の話をして来なくなった。気を使わせているなら申し訳ないが、今はそれがありがたくもある。

昼休みにTwitterを見てみると青山ブックセンター本店に植本一子さんが来て、サイン会をやっているとの情報を得る。植本さんに、自分の気持ちを知ってほしくて持っていたノートに手紙を書いた。

「恋人が脳梗塞で倒れて、そのタイミングで『家族最後の日』を読みました。前に〝今を生きてる?〟と手書きでサインしていただいた本を大切に持っています。

その言葉について、そのときは深く考えなかったのですが、恋人が死ぬかも知れないという状況になり〝今を生きてる？〟という言葉が胸の真ん中にどしんと響き、涙が止まらなくなりました。

それから、死んでしまったら伝えたいことも伝わらないし、自分の中の気持ちはどうやって消化したら良いのだろうと何度も考えました。今でもその答えは出ないままです。

私の恋人は一命を取り留めたものの、半身は麻痺、重い失語症が残り、ほとんど言葉がわからなくなってしまいました。

不安な日々が続き、『降伏の記録』の中に書かれていたような、誰かに抱きしめてもらいたいという気持ちが私も止まりませんでした。

しかし、その抱きしめて欲しい相手が他でもなく、倒れた彼だったので苦しかったです。

現在、彼はリハビリ中ですが、元の状態に戻るのは難しく、最近は私の励ましや、お見舞いもプレッシャーに感じるようです。

どうしてよりによって彼が……と何度も何度も思いましたが、起きてしまったことは変わらないんですね。

必死に現実から逃げようとしても、簡単に追いつかれてしまいました。

植本さんの本を読めて本当に良かったです。

辛いのは自分だけじゃないということが私の救いでした」

ここまで書いて、読み返してみる。

こんなものをもらっても植本さんは困るだろうなと思い、渡すのは止めることにした。

仕事を定時で終えて青山ブックセンター本店に着くと、植本さんがいた。小さなスペースだが、人がたくさん来ている。壁に展示されている写真を観て、植本さんが撮る写真が好きだな、とあらためて思う。植本さんに「本も、写真も良かったです！」と伝えて、本にサインをしてもらった。名前も書いてもらえて嬉しかった。

一二月一五日

職場から帰る途中に渋谷ヒカリエがある。

まだ一一月だというのにヒカリエの中はクリスマスムード一色で、ケーキの予約やプレゼントの広告がこれでもかというくらい貼り出されていた。

クリスマスが近づくにつれて、心の中に焦燥感が積もる。

私にとってクリスマスは、その一年間、誰といることを望み、誰から必要とされたのかを確認する日だった。だから、その日に誰と過ごすかは私にとって重要な問題だ。

クリスマス、ユウキさんに会えるだろうか。

ユウキさんとのコミュニケーションは相変わらずで、言葉はたぶん伝わっていないのだろうなと思うことが多かった。

「クリスマス会いたいなあ」と送ると、「母が禁止しているので……それでも良ければ」と返ってくる。クリスマスは家族で過ごすから遠慮してほしい、という意味だろう。そう思っていると「何時に来る?」と送られてくる。さっきの「母が禁止しているので」は何だったんだろう。「行っても大丈夫? 無理しなくて良いよ」と送ると「大丈夫!!」と返事が。やっぱり言葉でコミュニケーションを取ることは難しい。前回、お見舞いに行くまでのやりとりが大変だったことを思い出した。

とりあえず、クリスマスイブにユウキさんの家にお邪魔することになりそうだ。予定が埋まると、ほっと一安心した。その数分後に佐々木から「今年もクリスマスパーティーしようよ」と、と誘いが来る。毎年、大学の友達を中心に集まっていることを忘れていた。今年は、予定があるから参加できなさそうだと断る。「そっかー。残念」と返事が返ってくる。

私はユウキさんと過ごすことが決まって嬉しいはずなのに、なんだか気分が晴れない。ぐるぐるとヒカリエの中を歩きながら考える。目的もなくエスカレーターに乗り、そこから見える人々の顔を眺めた。八階まで上がると、大きなガラス張りの窓があり、そこから遠くの空を見る。橙色の太陽が沈みそうになっていた。もうじきこの街もすっかり夜になるだろう。


最近、どうしても前のユウキさんと今のユウキさんを比べてしまう。コミュニケーションがスムーズに取れないことに対して、勝手に焦り、落ち込む。伝わっていると思っていたことが伝わっていないショックは、思ったより大きなものだった。

「やっぱり元のようには戻らないのだろうか」

「この状態は一体いつまで続くのだろうか……」

ユウキさんは、うまくいかないことがあると「頑張るしかない」と呪文のように唱えるようになった。未来の方を向くことを強制されているみたいで、見ていて切なかった。

そんな彼になんて「頑張って」と言うのも「無理をしないでね」と言うのもなんだか違うような気がした。

本当にどうしたら良いのかわからない。

一一月二八日
またユウキさんの家にお見舞いに行った。前回苦労した甲斐あって、今回はわりとスムーズに約束を取り付けることができた。

お母さんが温かく出迎えてくれる。ユウキさんはまた小学生用の算数ドリルに取り組んでいた。

今日は引き算。左手で書いた数字は、丸まった虫みたいに見えた。

リビングではいつもテレビが付いている。今日は、イタリア人女性が豪快に料理を作っていた。恰幅の良い女性が誰かを呼ぶと、小さな子供が駆け寄ってくる。まばらに日焼けした手で子供を抱き寄せると、「五歳よ」と紹介した。

隣に座るユウキさんに「ユウキさんは今何歳？」と聞く。

「えーと、二八歳？」

えーと、と言う時に、また何もない宙を見ていた。この表情に私はどうしても慣れない。

「じゃあ来年は何歳？」と聞くと、「うーん、三歳‼」と元気よく答えた。

それを聞いていたお母さんが、「あはは、二九歳でしょ！」と笑うが、私は顔が固まり、笑うタイミングを逃してしまった。出遅れて、「はははは！」と声を出した。

リビングに響いた自分の声はその場から浮き、いつまでも残った。

自分の軽薄な笑い方に嫌気がさす。

どうしてこうなってしまったのだろう。道で知らない人に突然殴られたような、やりきれない気持ちになった。

ユウキさんとお母さんは静かにテレビを観続けている。その横顔を眺めていたら、この空間はふたりだけで完結していると思った。私は暖房がよく効いたその部屋で、帰るタイミングを見失い続けた。

一一月二九日
ユウキさんにカメラマンとの仲を疑われている。

Twitterでちょめさんがアップした私の写真を見つけたらしく、そのスクリーンショットが送られてきた。

ユウキさんは、どうやら私のアカウントだけでなく、私の友達や、写真を撮られたことがあるカメラマンの投稿まで見ているみたいだ。ちょっと怖い。

「ちょめとやったの」と突然LINEが来てびっくりした。

もちろんそんなことは一切ないが、ちょめさんが撮った写真は確かに親密そうに見えた。お互いを信頼しているからこそ撮れる写真だった。だからこそ、そんな関係になることは絶対にないのに。

どうにかそのことをわかって欲しくて、なるべく簡潔に文章を作って送る。少しすると「と言うと?」と返信が来る。それ以上説明をすることはなかったが、さらに噛み砕いて文章を送る。

「ちょめさんはただの友達。結婚もしている。やってない」

一番わかって欲しかったことは、そんなことじゃなかった。

ユウキさんから「もういいよ」と返事が来た。脱力感に襲われて、その場にしゃがみ込んでしまう。写真だけは邪魔されたくない……。


ユウキさんが倒れてからの数か月は生きている心地がしなかった。毎日泣き、目は腫れ、顔もやつれていた。そんな姿でも、写真を通して自分のことを確認できるととても安心した。写真に切り取られた瞬間は自分が生きている証拠だ。それらは私の大切なお守りとなった。

「いつか見返して、笑えるようになりたい」

その気持ちだけがすべての原動力だった。

ユウキさんにわかって欲しくても、言葉が伝わらない。しかし、私には言葉しか伝える術がない。大きく息を吸って、ゆっくりと吐く。伝えたいことが伝わらないということは、こんなにも悲しいものなのか。

一二月二日

昨日はひとりで吉祥寺のWARPにアライヨウコさんのライブを観に行った。ヨウコさんの歌は風みたいだ。声が、自分の内側にしまわれていた感情を優しく撫でる。最後の曲は「漕ぐ」だった。

「漕ぐ」は初めてユウキさんのお見舞いに行った帰りに聴いた曲。

今年は、気持ちに寄り添ってくれる音楽や、本、人にちゃんと出会えたように思える。

ライブ後、ヨウコさんに「辛い時に、ずっと聴いていました」と伝えた。ヨウコさんは「ありがとう、嬉しい」と言って物販のポストカードをこっそりプレゼントしてくれた。

ライブが終わってから、吉祥寺にいるというラムネチョコちゃんと合流して井の頭公園を散歩した。「出没!アド街ック天国」の取材班が来ていて、「三鷹コレクション」に出て欲しいと頼まれる。来月、何のゆかりもない三鷹編に出演することになった。

前回、井の頭公園に来たのは、ユウキさんとデートをした時だ。コンビニで買った日本酒を片手に、ボートに乗って揺られていた。桜が散り始めた頃で、池に花びらがはらはらと落ちてくる様子が綺麗だった。あの時は、こんな未来がくるなんてまったく思っていなかった。

ユウキさんに井の頭公園の写真を撮って送る。「なつかしいね！」と送ったら数分後に「は?」と返事がきた。その発言に悪気も意図もないことはわかっているのだが、すごく嫌な気持ちになる。適当なスタンプを送り返すと、「もういいよ、はーーー」と返事が。

何だか機嫌が悪いみたいだった。ユウキさんが機嫌を損ねた原因を考えてみたが、わからない。今までも理解できないことがあると「は?」と聞き返されたことはあったが、こんなにあからさまに機嫌が悪い様子は初めてで戸惑ってしまう。私が何かしただろうか。

Instagramにライブハウスの写真を載せたのが気に食わなかったのかもしれない。

ライブに誰と行ったのか気にしているのだろうか。それとも井の頭公園で嫌なことを思い出したのだろうか。いろいろと考えてみたが、考えてもわからないし、なんだかすごく疲れてしまった。ユウキさんが見ているからしばらくSNSに投稿するのは止めようと思った。

一二月三日
ユウキさんから「フェミニズム」の説明が書かれたwikipediaのリンクが送られてきた。そして「やってたなー」という言葉。意味はわからなかった。どう反応していいかわからず無視してしまう。

今までも唐突にどこかのビルの写真や、西洋画の裸婦の絵などが送られてくることがあった。だが、そこには極力触れないようにして、自分が食べたものや、最近行った場所の写真などを送り返していた。何でも良いからレスポンスを返すことが重要だと思った。それが「ユウキさんのことを忘れていない」という私なりのアピールだったが、最近はそれすらできない。

段々と自分に余裕がなくなってきているのを感じる。

一番辛いのはユウキさんなのに。

でも、どうしたら良いのかわからない。

一二月四日
YouTubeでMOROHAの『バラ色の日々』のMVを観て泣く。
そのMVは監督のエリザベス宮地さんが、前の彼女と付き合っていた頃に撮ったフィルム写真を延々とつなぎ合わせて作られたものだった。その写真がいちいち良くて泣ける。
それを観ていたら、もうユウキさんと前みたいに戻ることは無理なんだと唐突に実感した。

ユウキさんからいつものようにリハビリをしている動画が届く。以前は、ユウキさんが箸を落としてしまっても、「大丈夫！　頑張れ」と心の中で祈ったが、今はリハビリがうまくいっていない様子を見ると残念な気持ちになってしまう。

「脳梗塞のリハビリにはかなりの時間を要する」「一度死んだ脳細胞は戻らない」どの本を読んでも似たようなことが書いてあった。ユウキさんは自分のペースでリハビリに取り組んでいるのに、私は過剰に期待し、うまくいかない様子を目にすると焦った。

間違いなくユウキさんが一番辛いのに、私は自分のことで精一杯だった。

これ以上変わってしまったユウキさんを見たくない。そんな自分勝手な気持ちだけが日に日に膨らんでいく。

ユウキさんから送られてきた「は？」というメッセージを思い出す。小さな違和感は心の底に溜まり、石灰岩のように硬化した。私にはユウキさんを支え、側に居続ける覚悟はあるのだろうか。その問いに、今ははっきりとした答えを出すことができなかった。

一度ユウキさんから離れてこれからのことを考えてみたい。これは私の人生なんだから。

そう思ったら、少し強い気持ちになれる。でも、やっぱり距離を置きたいなんてかわいそうで言えない。……かわいそう。私は、一体いつからユウキさんを「かわいそう」だと思っていたのだろう。

一二月五日

前の日記を見返してみると、忘れてしまっていることの多さに驚く。もしも日記を見返さなかったら、もう思い出すこともなかったかもしれない出来事や感情がたくさん記されていた。こうやって私はどんどん忘れてしまうのだろう。

忘れることは、生きる上で必要な機能だと思う。あんなに苦しかったことはなるべく思い出したくない。

でも、私は毎日必死に記録をした。辛かった気持ちや経験を絶対に忘れてはいけないと思った。忘れてしまうということは、なかったことにされてしまうことだと思ったから。それが何よりも怖かった。

今の私の身体は、辛かったことをどんどん忘れてようとしている。辛かったことも痛かったことも。そのほうが生きやすいから。こうしている間もどんどん忘れていく。

私は、忘れたくない。でも忘れないとしんどい。

一二月七日

シェアハウスに帰宅して、同居人のあかりちゃんと一緒にご飯を食べる。

あかりちゃんが最近人気の芸能人の話をしようと思ったらしいのだが、なかなか名前が出てこない。思いつく限りいろいろな候補を挙げてみるが、どの人も違うらしい。「ヤバい、言語障害だわ!」とあかりちゃんが笑うと、「言語障害」という言葉が喉のあたりにひっかかって、飲み込むことができない。

どんどん耳が聞こえなくなり、表情が固まる。急かすように鳴る自分の心臓音だけがリアルに聞こえる。

すごく長い時間が経ったように感じた。ちら、とあかりちゃんを見ると、どうやら私の異変には気づいていない様子だった。こんなことで会話すら儘ならなくなってしまう自分にひいてしまった。

知らないうちに、身体の中にスイッチ式の爆弾が埋め込まれている。それは、かなり根深いところにあって、簡単に取り除くことはできない。それがいつ爆発してしまうのか、自分でもわからなかった。

一二月一〇日

トビーさんをシェアハウスに招待してカレーをご馳走する。

Air Spiceという調合されたスパイスの定期便を取っていたのだけど、一回で四人ぶんも出来てしまうため、なかなか作れずにいた。今日は休みで時間が取れたので、カレー好きだと公言していたトビーさんに連絡をしてみた。すぐに「食べたい!」と返事が返ってきて、一時間後くらいに家に来ることになった。カレーが完成した頃に同居人のユカちゃんも帰宅し、三人で食べた。

ふたりとも美味しいと言って喜んでくれた。

ユカちゃんは明日仕事が早いということでそそくさと自分の部屋に戻ってしまう。

明日は月曜日だから、私たちも解散しようということになり、トビーさんを外まで送った。

いつもと同じように階段を降りたところで少し立ち話をする。話が一段落して、解散という雰囲気になりそうなところだが、めずらしくトビーさんは帰らなかった。なんだかそわそわとした気持ちになった。トビーさんが「話したいことがある」と言うと、自然と身体が身構えるのを感じた。

以前、ふたりで飲んでいる時に、カウンターで隣になった酔っ払いにしつこく絡まれた。かなり出来上がった様子の男性が「おまえら付き合ってるんだろ」と言いながら、身を寄せてくる。入店してものの数分で捕まってしまい、気が重くなったが、トビーさんが酔っ払いに何と答えるのか興味が湧いた。

ふたりで出かけるのはこれで四回目だし、もしかしたら彼にそういう気があるのでは、と思わないわけでもなかった。

「いや、そういうんじゃないので。友達です」

表情ひとつ変えずに、淡々とトビーさんは答えた。

どこかがっかりしている自分を確認すると、自分だけがそんな可能性を感じていたことを恥ずかしく思った。

トビーさんは自分の言葉でゆっくりと喋った。

初めて見るトビーさんの真面目な顔に、私は戸惑った。

そして、トビーさん自身もこの状況に戸惑っているように見えた。

当たり前だが、彼の言葉は、私に恋人がいないという前提で伝えてくれたものだった。

私に向けられた言葉は、すごくまっすぐだった。

だから、そのぶん、痛かった。

自分の周りの景色だけが、すごい速さで流れていくように見える。

いろいろな感情が蠢き出し、立っているのがやっとだった。

もう逃げることはできない。

トビーさんに打ち明けなくてはいけない時がきてしまった。

「実は、私には恋人がいます」

やっとの思いで声を搾り出す。胸が針で刺されたみたいに痛かった。

「恋人は脳梗塞で倒れて、後遺症が残ってしまいました」

隠していたつもりはないが、単に言うタイミングがなかった、と念を押すように付け加えた。私は、トビーさんの方を見ることができなかった。

知り合って間もない私たちはお互いのことをほとんど知らなかった。ユウキさんのことを知らないトビーさんの前では、唯一、開放的な自分でいることができた。だが、時々トビーさんといると、猛烈に胸が苦しくなることがあった。何もなかったような顔をして無遠慮に笑う自分に、もうひとりの自分が軽蔑の視線を送っている。ユウキさんは苦しんでいるのに、自分だけ楽しい思いをして良いのだろうか。そして、私はトビーさんを騙していることになるのだろうか。

彼が個人的なことを話してくれるようになると、私も洗いざらい話してしまいたい、という衝動に駆られた。でも、結局、それができなかったのは、この付かず離れずの距離感が自分にとって一番楽だったからだ。

トビーさんは「何も知らずにそんな言いづらい話をさせてしまってすみません」と謝った。そして、「僕で気晴らしになるのなら、いつでも遊びに誘ってください」と言う。

目の前にいるトビーさんがどんどん遠ざかっていくように感じた。自分の発言を撤回したいと思ったが、手遅れだった。もうトビーさんと前のように遊ぶことはできないだろうと思うと、一気に寂しくなった。一緒に行った場所や、そこで話したことを思い出す。私は、トビーさんのくだらない話にいつも救われていたのだなあと思った。

例えば、私が新たに恋愛をするということはユウキさんを見捨てることを意味するだろう。倫理的に考えて、そんなひどい選択が許されるだろうか……。

トビーさんを見送った後、急に変な汗が出てきた。心臓の音がばくばくと鳴り響き、止まらない。もうトビーさんに二度と会えないような気がした。このまま走って追いかけたい衝動に駆られたが、足がすくんで動けない。

呆然と暗闇を見ていると、突然着信音が鳴った。通話ボタンを押すと、間瀬の声だった。

「三茶にいるから今から飲もうよ」

酔っているのかご機嫌な様子だ。いつもの調子に身体の力が抜けた。

二月一一日

昨日の深夜、間瀬と会った。間瀬は数日前から東京に来ていて、明後日京都に戻るらしい。適当に入ったバーで話をした。

「今の彼氏といるとすごく楽で、最近結婚してもいいなと思うんだよね」と唐突に間瀬が言った。そんなことを聞いたのは初めてで、思わず顔を見てしまう。私に話してくれて嬉しいと思う一方で、胸の中に焦りが広がっていくのを感じた。

私はこれからどうなるんだろう。

私はこれからどうしたいんだろう。

昨日見送ったトビーさんの背中を思い出し、また胸がきゅう、と締め付けられる。

自分のことを自分で決められなくなってしまったのはいつからだろう。

ユウキさんが倒れてから、あらゆる価値観がぐらつき、何が正解なのかわからなくなった。

非日常的な状況で、いくら考えてみても混乱は増していく一方だった。だから私は、近くにいてくれた人に意見を求めるようになった。何か困ったことがあれば誰かに相談し、そして一番多かった意見を採用する。そんなことを繰り返していくと、自分が本当はどうしたいのか見えなくなっていった。

でも、私は構わなかった。自分の意見を持つことで、自分が傷つくことも、誰かを傷つけることも怖かった。誰かの考えに従うのが一番安全だ。傷つくことも、批判されることもない温室の中で、私の意思は安らかに死んでいった。

だが、私にまっすぐに向けられたトビーさんの言葉が、温室のドアを吹き飛ばした。何層にも張り巡らされた膜が破られ、胸が張り裂けそうに痛んだ。

その痛いところの中心には、胎児のように小さくなってしまった「わたし」がいた。それは、まだちゃんと生きていて、涙目でこっちを見ていた。

一二月一五日

ユウキさんから昨日撮ったというＭＲＩの画像が送られてきた。画面の左右に脳のシナプスの比較画像があり、素人の私が見てもシナプスが伸びているのがわかった。

そして、「最低あと二年はリハビリが必要」という言葉が送られてくる。

「二年」という数字がリアルだと思った。

送られてきた画像をもう一度見る。白くひょろひょろと伸びる神経が、もやしみたいだった。

一二月二四日

約束していたとおりクリスマスにユウキさんの家に行く。

行く前に、二子玉のフードショーに寄りお母さんに紅茶を買い、ユウキさんへのプレゼントにニットの帽子を選んだ。

ユウキさんの家に着くと、いつものようにお母さんが迎えてくれて、ユウキさんはソファに座っていた。

部屋は暖房が効いていて、とても暖かい。お母さんに紅茶を渡すと、すぐに三人ぶん淹れてくれた。ソファに座って、ユウキさんに最近何をしていたか尋ねた。

久しぶりに話してみると、全然会話が噛み合わなくて静かに驚く。

もしかしたら以前もこれくらい噛み合っていなかったのかもしれない、とふと思った。

私の希望的な想いが、現実を正確に捉えることを邪魔していたのではないだろうか。

テレビからは、マライア・キャリーの『恋人たちのクリスマス』が流れているのが聞こえてくる。

今日もお母さんの手料理をご馳走になった。それを食べながら、もうすぐ今年が終わってしまうことについて話した。すると、お母さんが「人生って何が起きるかわからないからドラマチックよねえ」と言った。その声は、まさか、うっとりしているようにも聞こえた。

私は箸を止めて、思わずお母さんの方を見た。お母さんの表情は山のように優しく微笑んでいた。ユウキさんは気にすることなく、左手で食べ物と格闘している。

ひとりで家事をこなし、毎日ユウキさんのリハビリに付き合うお母さん。ふたりきりの生活は、傍から見ていてもかなり大変そうに思えた。それを、事もなげに「ドラマチック」と言い表してしまったことに驚きを隠せなかった。私はこの先どんな人生を送ったとしても、こんな言葉を言える気がしない。

ユウキさんにプレゼントを渡すと、私にもプレゼントを用意してくれていた。クリスマスのポストカードと、紙細工で作られたロボット。ポストカードを開けてみると手紙が書かれていた。

文字は綺麗とは言い難かったが、思いが込められているのが痛いほど伝わってきた。手紙の内容も切実で胸を打たれる。ユウキさんのリハビリが上手くいき、快方に向かって欲しいと心から思った。

でも、私には恋人としてユウキさんと一緒にいる未来を想像することが、どうしてもできなかった。

帰り際の玄関で、ユウキさんとお母さんの顔をそれぞれ見る。

たぶん、もうここに来ることはないのだろう、と思った。

玄関を出て駅の方へ向かう。ユウキさんが、家の前からずっと左手を振って見送ってくれた。

ひとりになった途端に涙が出そうになったが、私が泣くことなんて誰からも許されていないような気がした。大きく息を吸い込み、唇を強く噛んだ。

夜はトビーさんの家に行く約束があった。一度シェアハウスに帰り、それから自転車でトビーさんの家に向かう。

あれ以来、トビーさんとは疎遠になってしまうかと思っていたが、トビーさんの態度はまったく変わらなかった。むしろ変わらなさすぎて、告白されたことも、私がユウキさんのことを打ち明けたことも嘘だったのではないかと思ったほどだった。

数日前、トビーさんに夕方までの予定を聞かれ「ユウキさんのお見舞いに行く」と正直に言った。トビーさんは「そうなんや」と言っただけで、それに関してもう何も言わなかった。家のインターホンを押すと、「おー、いらっしゃい」と言いながらドアを開けてくれる。こたつが置いてある部屋には、クリスマスを意識したと思わしき電飾が飾ってあった。

「ハンズで一〇〇〇円やったから買った」

そう言ってスイッチを押すと、緑色の電飾が一定のリズムでチカチカと光る。この和室とあまりにも不似合いな様子に笑ってしまった。録画してあった「タモリ倶楽部」を観ながらチキンを食べ、いつもと同じくだらない話をした。

トビーさんとは、あれからちゃんと話をしてなかった。

録画していた番組が終わり、少しの間が空いた。

「あの、彼のお見舞い行ってきたことって気になりますか?」

トビーさんの意識が一気に自分に集中するのを感じた。

「うん、やっぱりお見舞い行くんやな、って思いました」

トビーさんがゆっくりと言った。

「自分がどうするのが正しいのかわからないんです。彼との未来が見えないけど、後遺症で苦しむ彼のことを傷つけてしまうことが怖い。だからずっと悩んだまま、ずっと答えが出せないでいます」

自信のない私の声がする。その言葉に嘘はなかったが、なぜか言い訳をしているように聞こえた。

トビーさんは、自分のことは気にしなくて良いから、と言ってくれた。

彼の態度が一切変わらなかったのも、すべて私に気遣ってくれていたからだと、今さら理解した。私はそうとも知らずに、ユウキさんのお見舞いに行き、その後にのうのうとトビーさんの家に顔を出している。自分の軽薄な態度はどれだけの人を振り回しているだろう。


気がついたらすっかり遅い時間になり、帰るのが億劫になってきた。窓の外は風がびゅうびゅうと音を立てている。トビーさんは外に出たがらない私を見かねて「自分はこたつで寝る」と言って布団を敷いてくれた。

あっという間に客用の毛布が運ばれ、未使用の歯ブラシが手渡される。せっせと動く小さな背中は、悪いことなんてできなさそうで切なくなった。

トビーさんは電気を消して、もぞもぞとこたつに入った。しばらくすると目が暗闇に慣れてくる。冬の月はこんなに明るかったっけ、と思った。私はなかなか寝付けずに、天井の模様を見ていた。すぐ隣の方からも、起きている気配がした。

私は何かを伝えたいような気がしたけど、何の言葉も思い浮かばなかった。枕に敷かれたタオルから、嗅いだことのある柔軟剤の匂いがする。暗闇に漂う行き場のない感情を見つめながら、眠気がやってくるのをじっと待った。

おわりに

日記を書くきっかけとなった「いつかこんな日々を振り返って笑えるようになればいいな」という願いは残念ながら叶わなかった。おそらく、あの時の願いはずっと叶わないまま、私の中に残り続けるのだろう。

何層もの偶然が重なり、過去の日記が本という形になった。これまで「人生は本当に何が起きるかわからない」と嘆き、さんざん打ちのめされてきたが、今回まったく同じ言葉を全然違う気持ちで噛み締めた。

この本ができるきっかけになったのは、編集者に言われた「不謹慎かもしれないけど面白い、それを読んでみたい」という一言だった。

日記を見返して自分で笑うことはできなくても、誰かに面白がってもらえるならそれでいいじゃないか、と思い、もう一度来た道を引き返してみることに決めた。

机の一番奥にしまっていたノートに手を伸ばし、取り出してみる。当時、どこへ行くにも持ち運んでいたせいで、ボロボロになったノート。そこには、ぎりぎり読めるくらいの筆跡で、毎日の出来事がびっしりと記されていた。何時に起きて、何を食べたのか。誰に会って、何を感じたのか。いつもと何が違って見えて、何がそんなに悲しかったのか。

私にとって書くことは、自分の存在を証明する行為だった。もし、ひとつでも取り零してしまったら、そこから、自分を構成している記憶が全部溶け出してしまう気がして怖かった。だから毎日、必死に言葉を掻き集めて書いた。

あらためて日記を読み返してみると、都合の良いように現実を歪めて書いている箇所がたくさんあった。そんなふうにしなくてはやりきれなかった日々のことを思い出し、それから、そこに目を向けられるくらいには時間が経ったことを実感した。

こうして本になったけれど、今でも〝あの頃〟は自分の意志とは無関係に蘇り、素早く傷をつけて去っていく。うっかり紙で手を切ってしまった時のように、小さいけれど鋭くて、いつまでもひりひりと痛む傷。その傷口を触って確かめながら、私はこの痛みと一緒に生きていくしかないのだなあと、遠くの方を見る。

あれから私はユウキさんと別れ、しばらくして恋人ができた。私は、人を傷付けるということがこんなに痛みを負うということを初めて知った。別れを告げたとき、自分が世界一残忍な人殺しのように思えた。

自分の船を漕ぎだそうと思い、ユウキさんと別れることを、そして新しい恋人と歩むことを決断した。それなのに、何も楽しいと思えなかった。ひとりになると、ユウキさんから逃げた自分を責め、大切な人をまた失うかもしれないという恐怖に震えた。

〝あの頃〟が日常に埋もれていく様子を横目で見ながら、私は新しい生活を築くことに意識を集中した。だけど、どうしても人と一緒になって笑っている自分を許すことができなかった。何をしていても、〝あの頃〟の自分がじっとこっちを見ている。その視線を感じると、たちまち息が苦しくなって、どうすることもできなくなってしまう。

結局、月日が経っても、私は過去の自分を受け入れ、許すことができなかった。この本に取り掛かろうと決めてからも、何度も立ち止まり、頭を抱えた。自分のために残していた日記をどうして他人に見せる必要があるのか、本にして出版する理由は何なのか、何度もぐるぐると悩んで、考えた。そして、考えれば考えるほど、「本にするべき理由」が自分の中から消えていった。あの頃のただ翻弄されるだけの自分の姿を知られるのは恥ずかしいと思ったし、ユウキさんや、ユウキさんのご家族がこの本のことを知ったらどう思うのか気がかりだった。恋人がこれを読んで、どんな反応をするのか想像するだけで怖かった。

だが、それでも私は書くことに決めた。自分の過去を書いて、それを自分の問題としてちゃんと引き受けたいと思った。思ったよりも時間がかかってしまったけれど、「書く」という行為を通じて、ようやく事実と向き合い、過去の自分を受け入れることができたような気がする。すべての膨大な記録は、こんな日が来ることを願いながら残された祈りだったのではないだろうか。真っ暗で何も見えなかった場所から、未来に向かって投げられた光。私は、その光に呼び寄せられるようにしてここまで来ることができた。未だに痛む胸だって、私が今日まで生きてきた証だ。これからも、私はこの痛みと共に自分の道を歩いていく。

この本が、誰かの心の中に残ればいいな、と思うし、残らなくてもこんなことがあったということを知ってもらえるだけでも書いた意味があったように思えます。お付き合いいただいた方々に、心から感謝を申し上げます。ありがとうございました。

私の証明

2019年12月10日　初版発行

著者　星野文月
カバー写真　工藤あずさ
本文写真　宇佐美亮、ちょめ、鶴木鉄士
デザイン　川名潤
発行者　北尾修一
発行所　株式会社百万年書房
〒150-0002 東京都渋谷区渋谷3-26-17-301
tel 080-3578-3502
http://www.millionyearsbookstore.com
印刷・製本　株式会社シナノ

ISBN978-4-910053-11-0

MAST